The Writing of Fiction

당신의 소설 속에 도롱뇽이 없다면

살아 움직이는 캐릭터 만들기

초판1쇄 펴냄 2023년 03월 27일

지은이 이디스 워튼
옮긴이 최현지
펴낸이 유재건
펴낸곳 엑스북스
주소 서울시 마포구 와우산로 180, 4층
대표전화 02-334-1412 | **팩스** 02-334-1413
홈페이지 https://blog.naver.com/xplex
원고투고 및 문의 editor@greenbee.co.kr

편집 이진희, 구세주, 송예진, 김아영 | **디자인** 권희원, 이은솔
마케팅 육소연 | **물류유통** 유재영, 류경희 | **경영관리** 유수진

엑스북스(xbooks)는 (주)그린비출판사의 책읽기·글쓰기 전문 임프린트입니다.
저작권법에 의해 한국 내에서 보호를 받는 저작물이므로 무단전재와 복제를 금합니다.
책값은 뒤표지에 있습니다. 잘못 만들어진 책은 구입처에서 바꿔 드립니다.
ISBN 979-11-90216-49-4 03800

學問思辨行: 배우고 묻고 생각하고 판단하고 행동하고

독자의 학문사변행을 돕는 든든한 가이드 _그린비 출판그룹

그린비 철학, 예술, 고전, 인문교양 브랜드
엑스북스 책읽기, 글쓰기에 대한 거의 모든 것
곰세마리 책으로 크는 아이들, 온가족이 함께 읽는 책

당신의 소설 속에 도롱뇽이 없다면

살아 움직이는 캐릭터 만들기

이디스 워튼 지음

최현지 옮김

xbooks

아름다움조차도 질서정연하게.

── 토마스 트래헌

G. T. 랩슬리에게

차례

일러두기

1 이 책은 Edith Wharton, *The Writing of Fiction*(1925)을 완역한
  것이다.

2 대개 novel은 '(장편)소설', short story는 '단편소설', tale은 '이야기'로
  구분하여 번역했다.

3 본문에 등장하는 소설 작품 중 국내에 번역 출간된 것은 그 출간명을
  따랐다.

4 본문의 모든 주는 옮긴이의 것이며, 독자의 이해를 돕기 위해 옮긴이가
  본문 내에 추가한 내용은 대괄호([ ])로 표시했다.

5 외국어 고유명사는 2002년 국립국어원에서 펴낸 외래어표기법을
  따르되, 이미 관례가 굳어 사용되는 것들은 관례를 따랐다.

1장

소설이란 무엇인가

I

소설의 관행을 다룬다는 것은 가장 새롭고, 가장
변화무쌍하며, 가장 덜 공식화된 예술을 다루는 일이다.
기원에 관한 탐구는 언제나 매혹적이지만, 현대소설을
요섭과 그의 형제들에 대한 이야기[†]와 연관시키려는
시도는 온전히 역사적인 관심사라고 할 수 있다.

　　현대소설은 소설 속 '행위'가 길거리에서 영혼으로

[†] 구약성서 창세기에 등장하는 야곱의 열두 아들 이야기로,
　　야곱이 열한 번째 아들 요셉을 편애하자 그의 형제들은
　　질투심에 요셉을 이스라엘 상인들에게 팔아넘긴다.

옮겨 왔을 때 시작되었다. 이 단계는 17세기에 라 파예트 부인이 『클레브 공작부인』이라는 짧은 이야기를 썼을 때 처음으로 취해졌을 텐데, 이는 가망 없는 사랑과 묵묵한 포기에 관한 이야기로, 내면에서 환희와 고뇌가 잇따르는 와중에도 우아한 나날의 묘사가 흐트러지지 않는다.

그 다음 단계는 이 새로운 내면극의 주인공들, 즉 남성과 여성 주인공, 악당, 억압적인 아버지 등 관습화된 인물들이 생생히 살아 숨 쉬는, 개성을 지닌 인간으로 변모하면서 발전했다. 여기서 다시금 프랑스의 소설가 아베 프레보가 『마농 레스코』라는 작품으로 앞장섰다. 그러나 그의 인물 묘사는, 그 유명한 [디드로의] 『라모의 조카』에 등장하는 현대소설 최초의 위대한 인물과 비교해 볼 때 개략적이고 도식적으로 여겨진다. 디드로가 죽은 지 오래지 않아 18세기 인물들로 가득 찬 눈부신 이야기들의 작가가 숱하게 발견되었는데, 그들은 발자크뿐 아니라 도스토옙스키도 예상했던 바로 그 추악하며 냉소적인, 그리고 막막할 정도로 인간적인 인물을 창조했다.

그러나 『마농 레스코』와 『라모의 조카』, 심지어 르사주, 디포, 필딩, 스몰렛, 리처드슨, 그리고 스콧마저도 현대소설의 위대한 분수령과도 같은 두 천재, 발자크와 스탕달과는 구별된다. 디드로가 보여 준 놀라운 우연을 제외하면, 발자크는 자신의 인물들에게서 각자의 취미와 유약함을 비롯한 삶의 습성들을 육체적으로든 도덕적으로든 간파해 낸 최초의 작가다. 그는 독자들이 인물들을 바라보게 만들었을 뿐만 아니라 작품 속 극적인 행위를 그들의 집과 거리, 마을, 직업, 물려받은 습관과 의견들, 그리고 우연히 발생하는 만남들로부터 이끌어 냈다.

발자크 스스로는 이러한 부류의 사실주의의 선구자가 스콧이라고 여겼으며, 젊은 소설가였던 자신이 스콧에게서 주요한 영감을 얻었다고 명백히 밝힌 바 있기도 하다. 그러나 발자크가 평한 대로 스콧은 시야에 들어오는 것들을 살피는 데 있어서는 매우 예리하고 정확했으나, 사랑이나 여성을 다룰 때에는 관습적이며 위선적으로 변했다. 하노버 궁정에서의 저속한 과잉 이후 영국 전역을 휩쓴 오만의 물결에 경의를 표하며,

그는 감상성을 열정으로 대체하고, 자신의 여주인공을 '전리품 같은' 평범한 인물로 환원시켰다.[†] 반면 발자크의 리얼리즘은 그 확고한 표면상에서 결함을 거의 찾을 수 없으며, 그가 그린 여성 인물들은 나이와 무관하게 모두 생생히 살아 있다. 그가 그려 낸 구두쇠, 자본가, 성직자 혹은 의사 들만큼이나 인간적인 모순을 압축해 드러내는, 그리고 인간적인 열정 때문에 괴로워하는 인물들인 것이다.

스탕달의 경우, 18세기의 어떤 작가보다도 당대 분위기와 '지역적 색채'에 무관심했음에도 자신의 인물들에 개성을 부여하는 데 매우 현대적이며 현실적인

[†] 이디스 워튼은 여기서 스콧이 익명으로 출간한 데뷔작 『웨이벌리』(*Waverly*)를 두고 문제를 제기하는 것으로 보인다. 해당 작품은 영문학 사상 최초의 역사소설로 불리며, 여성 주인공의 이름이 웨이벌리다. 소설은 두 개의 플롯을 중심으로 전개되는데, 하나는 제임스 2세의 손자인 찰스 에드워드 왕자를 복위시키기 위해 보수적 왕당파(자코바이트)가 당시 영국의 하노버 왕조를 향해 일으킨 반란을 다룬 실제 사건이고, 다른 하나는 젊은 몽상가인 에드워드 웨이벌리라는 주인공이 우연히 이 사건에 휘말리며 겪는 개인사의 여정이다.

면모를 보인다. 그의 인물들은 결코 전형적(심지어
발자크의 몇몇 인물도 그러한데)이지 않으며 항상
선명하게 구별되는 구체적인 인간들이다. 더욱
독특하게도, 그의 작품들이 새로운 소설을 대표하는
까닭은 사회적 행동의 원동력에 관한 통찰력 덕분이다.
지금껏 그 어떤 현대소설가도 라신이 비극 작품에서
사적인, 즉 개인적인 감정의 근원을 파고든 데
비견되지는 못하며, 몇몇 18세기 프랑스 소설가들은
(라신을 제외하면) 개개인의 영혼 탐구에 관한 최종
제련 과정에 있어 여전히 타의 추종을 불허한다.
발자크와 스탕달에게서 엿보이는 새로운 지점은
무엇보다도 각 인물을 특정한 물적·사회적 조건의
산물로 바라본다는 데 있다. 인물이 추구하는 소명이나
살았던 집(발자크), 그가 편입되고자 했던 사회(스탕달),
그가 탐내던 1에이커의 땅, 아니면 그가 흉내 냈거나
질투했던 강력한 혹은 세련된 인물(발자크와
스탕달 모두)로 인해 빚어진 존재로서 말이다. 이들은
(단지 디포가 『몰 플란더즈』를 썼을 때를 제외하면)
개성의 경계가 날카로운 검은 선으로 그어질 수 없으며,

우리 각자가 스스로도 인지하지 못한 채 주변인물들과 사물들 안으로 흘러든다는 사실을 끊임없이 인식한 것으로 보이는 최초의 소설가들이다.

이 두 거장 이후 모든 소설가들의 성격 묘사는 그에 비하면 불완전하거나 미숙해 보인다. 리처드슨의 『클라리사 할로』의 가장 통찰력 있는 페이지들에서조차도, 괴테의 기묘한 현대소설 『친화력』에서조차도 말이다. 왜냐하면 이 작가들의 경우, 정교하게 분석된 인물들은 삶 속 특별한 외적 환경이 가시화되지도 않고 (거의) 조건지어지지도 않는 허공에 둥둥 떠 있기 때문이다. 그 인물들은 절묘하게 분석한 인간성을 추출한 결과물로, 그들에겐 삶의 모든 계층에서 거의 누구에게나 일어나는 일, 즉 완전히 필연적인 인간의 일들만 일어난다.

발자크와 스탕달 이래로 소설은 여러 새로운 방향으로 뻗어 나갔고 온갖 실험을 벌여 왔다. 그러나 기껏 개간한 땅을 끝없이 경작하고, 추상의 영역으로 회귀하는 일만은 결코 멈추지 않았다. 그럼에도 여전히 소설은, 여전히 능수능란하며 조정 가능한 그리고 몇몇

일반적 원칙들을 추론하기에 매우 충만한 과거와 무궁한
가능성으로 가득한 미래를 한데 엮으며 현재 진행형인
예술이다.

II

어떤 예술 이론의 문턱 앞에서든 해당 분야의 종사자는
다음과 같은 질문을 받게 된다. "당신 이론의 첫
번째 가정은 뭡니까?" 다른 모든 예술과 마찬가지로,
소설에서도 모든 이론이 선택의 필요성을 상정하는 데서
시작된다는 것이 유일한 대답일 테다. 지금도, 그리고
아마 그 어느 때보다 더욱이, 가장 기교 없는 언어적
진술의 기저에 자리한 규칙에 불과한 것을 설명하고
변호해야 한다는 사실은 기이해 보인다. 이야기하고자
하는 사건이 아무리 한정적이더라도 그것은 점점 더
관련 없는 세부 사항들로 장식될 수밖에 없으며, 그
너머에는 단순히 시간이나 공간의 우연한 근접성 때문에
화자에게로 밀려들 뿐 연관성은 없는 외부의 덩어리들이

놓여 있다. 이 모든 재료 중에서 몇몇을 선택하는 일은 일관성 있는 표현을 위한 첫 번째 단계다.

한 세대 전에는 이것이 지극히 일반적으로 당연시되었기에 오히려 언급하는 게 현학적으로 여겨졌을 것이다. 일상적인 소통에 있어서는 이 원칙이 핵심에서 벗어나지 말라는 명령 안에서 유지된다. 하지만 이 규칙을 자신의 예술에 적용하려는, 혹은 적용하겠다고 결심한 소설가는 오늘날 '인간적인 관심을 끄는 것'이라는, 일견 상반된다고 여겨지는 요소를 배제하고 기술(technic)에만 몰두한다는 비난을 받곤 한다.

한때 유명했던 삶의 단면(tranche de vie) 장르, 즉 어느 상황이나 사건의 모든 소리와 냄새, 요소들을 사실적으로 활용해 정확한 사진과도 같은 복제를 발명해 낸 초기 프랑스의 탁월한 '사실주의' 작가 집단의 오래된 기법을 혁신하는 데 도움이 되지 않았다면, 지금도 그 비난을 수용할 가치가 거의 없다. 다만 더 깊은 연관성을 지니고, 무의식적으로 놓쳤거나 의도적으로 누락된 더 큰 전체에 대한 제안은 예외다. 반세기가 지난 지금, 그 집단의 작가들 중 살아남은 이들은 여전히 읽힐 만하다고 볼 수 있다. 제약이 많은 이론에도 불구하고, 혹은 본인 작품을 끝마친 뒤에는 그 이론을 잊어버리므로 그만큼 비례해서 말이다. 일례로 모파상이 있다. 그는 몇 안 되는 걸작에 매우 깊은 심리적 가치를 압축해 담아내어 더 큰 관계의 감각에 확신을 보여 준다. 또 졸라가 남긴 '단면들'(slices)은 한 인간의 물리적 여정을 담아낸 『천로역정』에서처럼 자연과 산업의 힘들이 거대하고 모호한 주인공이 되는 위대한 낭만주의 알레고리의 재료가 되었다. 또 공쿠르 형제의 경우, 심리 분석에 관한 프랑스인 특유의 본능으로 유명한 단면들의 보다 중요한 지점들을 꾸준히 포착한 바 있다. 이러한 구조를 성실하게 적용했을 따름인 제자들은 다들 이론에 너무도 깊은 인상을 받은 나머지 시야가 좁아져 그들과 동등한 재능을 가진 작가들보다 훨씬 짧은 인기를 누리고 말았다. 그 증거에 대한 예시로는 페이도의 『패니』를 들 수 있다. 그 세대의 몇 안 되는 '심리'소설 중 하나이자 위대한 『마담 보바리』(이미 당대에 『패니』를 뛰어넘을 수 있을 것으로 예상되었던)에 비견될 만한

영혼 탐색의 가벼운 여정을 담아낸 작품으로, 작가의
이름을 후대까지 남길 만큼 여전히 널리 읽히고 있다.
반면 그와 같은 시기에 살았던 다른 미미한 작가들
대부분은 더는 매력적이지 않은 '단편들'의 잔해 아래
묻히고 말았다.

　　삶의 단편들 이야기로 다시 돌아가야 할 듯한데, 이
경향성이 최근 다시 나타났기 때문이다. 몇몇 사소한
차이들을 특징으로 삼는 이 유행에 의식의 흐름이라는
새로운 이름이 붙었다. 게다가 흥미롭게도 새로 나타난
주자들은 자신이 그 창시자가 아니라는 사실을 깨닫지
못하고 있다. 이번에는 그 이론이 영국과 미국에서
처음 등장한 것으로 보이는데, 영미 소설의 최근 경향을
이제야 혼란 속에, 혹은 동경을 숨긴 채 과도하게
의식하는 듯한 젊은 프랑스 소설가 몇몇에게도 이미
퍼져 나갔다.

　　의식의 흐름 기법은 정신적 반응뿐만 아니라
시각적 반응에도 주목한다는 점에서 삶의 단면 기법과
다르지만, 반응이 발생한 직후에 기록하기에 해당
맥락과의 관련성은 의도적으로 무시하거나 혹은

정리되지 않은 풍부함 자체가 작가의 주제를 이룬다는
점에서는 유사하다.

　모든 생각과 감각의 동요, 지나가는 모든 인상에
관한 자동적인 반응을 기록하려는 이러한 시도는 현재의
주자들이 여기는 듯한 바와는 달리 그다지 새롭지
않다. 대부분의 위대한 소설가들은 그 자체를 목적으로
삼는 게 아니라 전반적인 설계에 부합하도록 하기
위해 활용해 왔다. 가령 극심한 정신적 고통의 순간을
묘사하는 게 목표인 경우, 일련의 단절된 인상들을
무의미한 정밀함으로 기록하는 일이 그에 부합할 때
말이다. 소설이 심리적인 것이 된 이후로 감정의 파고를
생생하게 만드는 '효과'의 가치는 줄곧 알려져 있었고,
소설가들은 그러한 경우에 애먼 하찮은 생각들이 뇌에
영향을 미치는 강도를 점점 더 인식해 오고 있었다.
그러나 그들은 심리학자들에게 있어선 해리스 부인과도
같은 잠재의식이 그 자체로 자신들의 작품에 재료가 될
수 있다는 생각에 결코 속지 않았다. 발자크부터 새커리,
그리고 그들 이래로 가장 위대한 작가들은 묘사 대상의
전반적인 면모에 맞는 정신적 흐름이 나타날 때마다,

아니 반드시 그럴 때에만 혼미한 내면의 더듬거리는 말들과 중얼거림을 활용했다. 일반인의 세상에서 삶이란, 적어도 결정적인 순간에만큼은 상당히 일관되고 선택적인 방식으로 흘러가며, 그래야만 생계유지와 가정 및 주변 돌봄이라는 매우 필수적인 일들을 수행할 수 있음을 그 작가들은 관찰을 통해 알아냈다. 드라마와 상황은 사회 질서와 개인의 욕망 사이에서 발생하는 갈등으로 만들어지며, 소설에서 삶을 표현하는 기술은 궁극적으로는 결정적인 순간들을 방대한 일상으로부터 분리해 내는 것 외에는 아무것도 될 수 없으며 그럴 필요도 없다. 이러한 순간들은 외부 사건이라는 의미의 행동을 포함할 필요가 사실상 거의 없다. 갈등 장면에서 초점이 사건에서 인물로 바뀌었기 때문이다. 그러나 그 장면을 구현하는 이야기가 독자의 주의를 끌고 뇌리에 남도록 만들기 위해선 그 순간을 결정적으로 만드는 무언가, 익숙한 사회적·도덕적 기준과 맺는 명시적인 관계, 혹은 한 인간의 충동 사이에서 벌어지는 끝없는 투쟁에 대한 분명한 인식이 있어야 한다.

III

기법에 대한 불신과 독창성 없음에 대한 불안(둘 다
풍부한 창의성이 부족할 때의 증상인데)으로 소설은
사실상 완전한 무정부주의로 향해 가고 있으며,
일각에선 이제 무형식 자체가 형식의 첫 번째 요건이라
여겨진다고까지 말하려 든다.

　얼마 전 한 문필가가 도스토옙스키가 톨스토이보다
우월하다고 선언하는 것을 들었는데, 그 이유는 그의
정신이 "더 혼란스럽기에" 그가 전반적인 러시아인들의
혼란스러운 내면을 보다 "진실하게" 표현한다는
것이었다. 그런데 그는 혼란에 깊이 빠진 내면이 어떻게
혼란을 파악하고 정의할 수 있는지에 대해선 명확하게
밝히지 않았다. 당연하게도 그 주장은 상상 속 감정과 그
객관적 표현을 혼동한 결과였다. 그가 말하고자 한 것은
특정한 인물을 만들어 내거나 특수한 사회적 상태를
묘사하려는 소설가라면 스스로를 그들과 동일시할 수
있어야 한다는 점이었다. 예술가가 상상력을 지녀야
한다는 말을 길게 늘어놓은 셈이었지만 말이다.

단순한 공감과 창조적 상상 사이의 가장 큰
차이점은 후자의 경우 양면적이라는 것, 즉 타인의
마음을 꿰뚫어 보는 힘과 그들로부터 충분히
거리를 두고 떨어져 그 너머를 볼 수 있게 하는 힘을
결합함으로써 단면적으로 제시될 뿐인 그들 삶의 전반과
연관시킨다는 점이다. 이러한 전방위적인 시각은 높이
올라야만 얻을 수 있다. 또한 예술에 있어서 그 높이란,
나머지에 영향을 미치는 특정 문제로부터 상상력의
일면을 분리시키는 예술가의 역량에 비례한다.

이 점에 관해 판단력에 혼란이 생기는 원인 중
하나는 단연코 소설이라는 예술과 소설이 취하는 재료
사이의 위험한 밀접성(affinity)이다. 흔히들 모든
예술은 형태 없는 경험에 의식적인 형태를 부여하는
재현이라고들 이야기하니 그러한 자명한 주장을
고집하는 건 피하고 싶을 법하다. 그러나 소설이야말로
그 명제에 가장 들어맞는 예술이며, 동시에 이 공리를
잘못 해석할 위험이 가장 큰 분야이기도 하다. 회화나
조각, 혹은 음악에선 삶의 면면에 형태를 부여하려는
시도는 전위, 즉 '양식화'를 전제로 한다. 한편 언어로

표현하는 건 훨씬 더 어려운데, 대상과 예술가 사이의
관계가 너무 밀접하기 때문이다. 소설가는 자신이
표현하고자 하는 대상이 탄생하는 바로 그 재료로
작업한다. 영혼을 표현하기 위해선 영혼이 스스로를
표상하는 데 쓰는 기호들을 사용해야 하는 것이다.
대상을 다시 볼 때 물감이나 대리석, 혹은 청동으로
표현하는 경우엔 복잡하게 뒤얽힌 실제로부터
예술적 시각을 분리해 내는 게 상대적으로 쉽다.
한편 생각 자체가 만들어지는 데 사용되는 바로 그
단어 덩어리들을 활용해야 하는 경우, 인간의 내면을
표현하는 일은 무한히 어려워진다.

　　그럼에도 불구하고 조각에서와 마찬가지로, 그토록
분명하지는 않지만 소설에서도 반드시 전위가 발생한다.
그렇지 않았다면 소설 쓰기는 결코 예술 작품으로,
즉 의식적인 질서와 선택의 산물로 분류될 수 없을
것이며, 그에 대해 왈가왈부할 바도 없을 것이다. 선택의
기준을 적용할 수 없는 것에는 어떠한 미학적인 평가도
이루어질 수 없을 테니 말이다.

　　현대예술의 또 다른 불안 요인은 미숙함의

전형적인 증상, 즉 이전부터 해 왔던 작업을 하고 있다는 두려움이다. 젊음의 본능 중 하나는 모방이지만, 그와 꼭 마찬가지로 오만한 것은 모방을 과도하게 경계하려는 본능이니 말이다. 이런 점에서 오늘날의 소설가는 악순환에 빠질 위험에 처해 있다. 빨리 써야 한다는 끝없는 요구로 인해 영원한 미성숙의 상태에 놓이는 경향이 있고, 작품이 곧장 수용될 경우 작가가 자신의 예술 분야에 있어 역사를 연구하거나 과거의 원칙을 사유해 보는 데 시간을 낭비할 필요가 없다고 여기게 마련이기 때문이다. 이러한 확신은 작가가 자신의 주제를 너무 오래 곱씹거나 과거와 너무 가까워지면 소위 '독창성'의 역량이 훼손될 거라는 믿음을 강화한다. 그러나 예술의 모든 영역에서, 바로 그 과거를 품은 역사에서 살아남은 작품들은 그 믿음이 틀렸음을 증명하며, 어떤 주제든 온전히 발현되려면 오랫동안 마음에 품고 깊이 생각하며 창작자가 길러 온 모든 인상들과 감정들로 채워져야 한다는 것을 보여 준다.

진정한 독창성은 새로운 형식이 아니라 새로운 시각에 있다. 바로 그 새로운, 개인적인 시각은 표현 대상을 충분히 오랫동안 바라봄으로써 작가 자신의 것으로 만들어야만 달성할 수 있다. 더불어 그 비밀의 싹이 열매를 맺게 하고 싶다면 풍부한 지식과 경험으로 키워 낼 수 있어야 한다. 무엇이든 하나를 알기 위해선 훨씬 더 많은 다른 것들도 알아야 할 뿐 아니라, 매튜 아놀드가 오래전 지적했듯, 당면한 주제에 관해 눈에 보이는 부분적인 결과물보다 훨씬 더 많은 것을 담아야 한다. "영국인만이 아는 영국에 대해 저들이 무엇을 알아야 하는가?"라던 키플링 씨의 말은 창조적인 예술가에게도 상징적인 좌우명이 될 수 있다.

우리는 종종 '소설 수업'을 발명한 세대가 가르친 대로 소설이 쓰이고 있다 여기고 싶어 한다. 어떤 식으로든 그 수업의 영향으로 인해 젊은 작가들은 소설이라는 예술이 오랜 시간이 걸리지도 않고, 고된 작업도 아니라고 확신하게 되었으며, 악명을 얻는 일과 평범함이라는 평가가 서로 대체될 수 있다는 맹목적인 믿음까지 갖게 된 듯하다. 그러나 소설의 무역풍이 확실히 많은 초보 작가들을 최소한의 저항선 쪽으로 내몰고 거기 머물게 만들기는 해도, 그것이 현재

예술에서 지름길을 추구하는 경향의 유일한 원인은
결코 아니다. 대중적 성공에 무관심하고 심지어는
이를 경멸하기까지 하는 작가들이 있는데, 그들은 그
선(line)이 진정한 소명의 길을 일러 준다고 진심으로
믿고 있다. 많은 사람들은 예술가들이 막 경력을 시작할
때에 '영감'이라 알려진 신비로운 비밀 명령을 받고
그 독자적인 충동이 그를 원하는 곳으로 데려가도록
내버려 두기만 한다고 지레짐작한다. 물론 영감은 모든
창작자에게 처음에는 찾아오지만, 대개의 경우 의지할
곳 없이, 비틀거리며, 불분명한, 가르침과 인도를 받아야
하는 유아적인 상태다. 재능을 훈련하는 시기에 있는
초심자는 마치 젊은 부모가 첫 아이를 양육할 때 실수를
범하듯 그 영감을 오용할 가능성이 높다.

　　전반적으로 '빨라지는' 이 시대에 '영감을 주는'
이론은 쉬운 성공에 관심이 없는 이들에게조차 매력적인
것이 사실이다. 어떤 작가든, 특히나 초보 작가라면
더욱더 자신을 기다리는 독자들의 속성에 영향을
받지 않을 도리가 없다. 이런 상황에서 젊은 소설가는
이렇게 물을 수도 있다. 독자들이 기대하지 않는데

경험과 사색이 무슨 소용이냐고. 답은 이것이다. 그가 독자들(그리고 편집자와 발행인)을 떠올리기를 완전히 멈추고, 그 자신을 위해서가 아니라 창조적인 예술가가 항상 신비로운 서신을 주고받는, 어딘가에 실재하며 언젠가 발신자도 모르는 사이에 답신을 받게 될 또 다른 자아를 위해 쓰지 않는다면 최선을 다했다고 볼 수 없을 것이다. 지적이고 도덕적인 경험의 경우, 창조적 상상력은 마음속에 충분히 오래 머금고 또 충분히 곱씹는다면 작은 것이라도 멀리 갈 수 있다. 한 번의 비통한 사건으로 시인은 많은 노래를, 소설가는 여러 편의 소설을 얻게 될 것이다. 다만 그들에게 필요한 것은 부서질 수 있는 내면이다.

대중적 인기를 얻는 데 가장 관심 없는 작가라도 처음에는 자신의 개성을 변호하기 어렵다. 연구와 숙고에는 그 자체의 위험이 있다. 자문가들은 모순적인 조언과 사례를 논하며 끼어든다. 그럴 때 그들이 대는 건 대부분 다른 이들이 쓴 소설이다. 초보 작가에겐 수난이나 다를 바 없이 쫓아다니는 과거의 위대한 소설들, 그리고 몹시도 설득력 있는 힘으로 잡아끄는

동시대 작가들의 작품들 말이다. 처음에 작가의 충동은
그들을 피해 자신의 궁핍함 속으로 숨거나, 아니면 이제
막 출현하는 개성을 그 작품들 속에서 흐려지게 만드는
쪽으로 발현될 것이다. 그러나 점점 더 그는 그들의 말에
귀를 기울이고, 그들이 줄 수 있는 모든 것을 받아들이고
흡수하는 법을 배워야 함을 알게 될 것이다. 그리고 오직
스스로의 눈으로 삶을 바라보겠다는 단호한 결심을
가지고 자신의 과제를 시작할 것이다.

그럼에도 또 하나의 장애물이 남아 있다. 소설가의
인생관과 그가 지닌 특유의 재능 사이에 이따금
존재하는 기이한 불일치가 그것이다. 사물들을 거대한
덩어리로 바라보는 타고난 경향은 그것들을 더 작은
규모로 세심히 분리해 내는 기술적인 능력을 동반하지
않는 경우가 수두룩하다. 우리가 알고 있는 것보다
더 많은 실패가 바로 그 시각과 표현 능력 사이의 불균형
때문일 것이다. 적어도 그것은 힘겨운 분투와
무미건조한 불만의 원인이며, 유일한 해결책은 작은
것에 집중하려 큰 것을 과감히 버리고, 손에 쥔 연필로
시야를 좁히며, 큰 것을 느슨하고 피상적으로

다루기보다는 작은 것을 유심히 탐구하는 일이다. 상상력을 자극하는 주제(만약 그가 메리메나 모파상, 콘라드 또는 키플링 씨였다면 근사하게 시도했을 주제들)가 스무 개 있다면 그중 딱 하나 정도만이 협소한 작가에게 '걸맞은' 주제가 된다. 그 외에 다른 것들을 포기하는 법을 배우는 것은 바로 그 특정한 주제를 잘 착수하기 위한 첫걸음이기도 하다.

IV

이러한 고찰은 웅대하고 핵심적인 문제, 즉 주제의 문제로 이어진다. 이와 불가분의 관계로 엮인 것은 형식과 스타일이라는 부수적인 지점들인데, 둘 다 재현하고자 하는 주제가 선택되면 자연스럽게 나타나기 마련이다.

현 시대의 요구에 따르면 형식이란 시간과 중요도에 따라 서사의 사건들이 분류되는 질서로 정의할 수 있을 것이다. 또 문체는 그 사건들이 표현되는 방식일 텐데,

좁은 의미의 언어일 뿐 아니라, 혹은 오히려 화자의
내면이라고 정의할 수 있다. 화자의 내면이야말로
표현의 매개로서 사건들을 파악하고 채색하며 자신의
언어를 부여하니 말이다. 사건에 탁월함을 부여하는 건
바로 그 매개의 탁월함이다. 이런 의미에서 문체는 모든
예술 작품이 만들어지는 조합 과정에서 가장 개인적인
요소다. 단어들은 생각의 외적인 상징이며, 단어를
정확히 사용해야만 작가가 주제를 긴밀하고도 끈기 있게
붙들어 '월척을 낚을' 수 있고, 또한 바래지 않는 색으로
작품을 벼려 갈 수 있다.

　이러한 정의에 따르면 문체는 훈련이다. 이에
요구되는 자기 수양과 그것이 예술가의 모든 노력에
미치는 영향은 마르셀 프루스트가 『꽃핀 소녀들의
그늘에서』의 성찰적인 장에서 훌륭하게 요약한 바 있다.
그 장에서 그는 위대한 소설가 베르고트[프루스트가
만든 가상의 인물]의 작품을 이렇게 분석한다. "그의
엄격한 취향이란, 말할 수 없는 것에 대해선 그 무엇도
쓰지 않으려는 의지란, 그가 가장 좋아하는 문구
세 두(C'est doux, 조화로운, 맛있는)에서 드러나듯,

34

그토록 헛된 듯 보이던 오랜 세월 동안 하찮은 것들을 '귀중하게' 버려 낸 그 각오란 실상 그가 지닌 힘의 비결이었다. 습관이 사람을 만들듯 작가의 문체를 만든다. 자신의 생각을 거의 만족스럽게 표현하는 데 여러 번 흡족함을 느낀 작가라면 단번에 자신의 재능에 경계를 그으며, 결코 그것을 넘어서지 않을 것이다."

형식과 문체에 관한 이러한 정의가 확립되고, 작가의 재능과 주장이 조화를 이루어야 할 필요성이 사전에 대두되고 나면, 작가는 한층 심오한 문제에 직면한다. 정해진 주제가 과연 상상의 재료로서 내재적으로 들어맞는지에 관한 문제 말이다.

흔히 주제 자체가 그 무엇보다 가장 중요하고, 주제로 무엇을 삼든 전혀 중요하지 않다고들 한다. 이러한 모순으로부터 진실을 얻어 내기 전에 정의를 다시 내려야 한다. 물론 주제는 이야기의 내용이지만, 소설가가 선택한 핵심 일화나 상황이 무엇이든 간에, 그의 이야기는 그가 반응하는 만큼만 가능하다. 금광은 그 소유자가 광석을 채굴할 장비를 가지고 있지 않는 한 가치가 없으며, 모든 주제는 그 자체로서 우선 숙고된

다음 그것이 내포한 무언가를 얻어 내는 소설가의
능력과 연관지어 고려되어야 한다. 겉으로 보기에
사소한 주제가 있고 본질적으로 사소한 주제도 있다.
소설가는 그 둘을 한눈에 구별할 수 있어야 하며, 둘
중 어느 갱도가 파 내려갈 가치가 있는지 알아야 한다.
그러나 소설가는 실수를 할 수도 있다. 그는 빛 좋은
개살구 같은 주제를 쓸 유혹을 받게 마련이고, 오직 오랜
경험을 통해서만 피상적인 매혹에 대항하여 이야기를
시작하기 전에 심층적으로 탐구할 수 있게 된다.

주제를 시험할 방법이 또 하나 있기는 하다. 주제
자체를 숙고할 때는 무엇보다도 먼저 어떤 식으로든
삶에 대한 판단의 불가사의한 필요에 응해야 하는데,
이는 가장 초연한 보통의 인간 지성도 스스로의 힘으론
결코 떨쳐 낼 수 없는 것이어야 한다. 총구를 겨눈
악당으로부터 여주인공을 구해 내는 영웅의 모습에서
'도덕'이 드러나든, 혹은 『펜데니스 이야기』에서
펜데니스가 그레이 수사의 예배당을 방문하는
장면에서처럼 "나는 젊었고, 이제는 늙었노라. 그러나
나는 의인이 버림받거나, 그 자손이 빵을 구걸하는

것을 보지 못하였노라"라는 성가대의 노랫소리를 듣게
되는, 고개 숙인 뉴컴 대령을 발견하는 바로 그 순간
속에 고요한 모순이 잠복해 있든, 어떤 형태로든 독자의
무의식적이나 끈질긴 내적 질문, "내가 왜 이 이야기를
읽고 있는 거지? 이 소설이 내 인생의 어떤 판단을 담고
있을까?"에 대한 일종의 합리적인 답을 지니고 있어야
한다.

　　이 의무에서 벗어날 수 있는 방법이라곤
이상(abnormal)심리를 지닌 사람들 사이에서 일어나는,
정상적인 인간의 리듬에 부응하지 못하는 행동이
벌어지는 병리학적인 세계를 그리는 것뿐인데, 이는
백치의 이야기일 뿐 어떤 의미도 없다. '예술'과 '도덕성'
사이에 물 한 방울 새지 않는 구획을 세우려는 시도는
헛수고인 셈이다. 논점을 제기하는 데 쓰인 모든 위대한
소설가들의 작품은 내적 중요성에 있어서뿐 아니라
어떤 경우에는 가장 명백한 선언으로서 그 반대 입장에
섰다. 예컨대 플로베르는 자신의 주제를 순전히 '과학적'
혹은 비도덕적인 것으로 치부한 작가의 예시로 자주
인용되는데, 다음과 같은 완벽한 명제를 통해 그 주장이

틀렸음을 입증했다: 생각이 아름다울수록 문장이 갖는
소리는 더 맑게 울린다. 비유나 인상이 아닌, 생각 말이다.

그렇다면 좋은 주제는 그 자체로 우리의 도덕적
경험을 비추는 무언가를 담고 있어야 한다. 만약
그 확장성, 그 필수적인 반향이 없다면 그 주제는
아무리 표면이 화려해 보여도 그저 지엽적인 해프닝,
맥락에서 찢겨 나온 무의미한 사실의 조각에 지나지
않는다. 그러나 상상력을 통해 충분히 깊이 탐구했다고
해서, 아무리 사소하더라도 모든 해프닝으로부터
잠재력을 발견해 낼 수 있다고 말하는 것도 절반의
진실일 뿐이다. 그 반대 역시 진실이다. 즉, 상상력이
제한되면 위대한 주제도 협소해진다. 그러나 폭넓은
창조적 시각이 있다면, 비록 인간 경험의 어떠한
단면도 온전히 공허하게 보일 수는 없으나, 그럼에도
본능적으로 우리가 공통으로 겪는 괴로움의 면면이
극적이고 전형적으로 드러나는 주제들을 모색할 수
있다. 그 자체로서 삶 안에 흩어져 있으며 결정적이지
않은 사건들의 일종의 요약 혹은 축약본이 되는 주제들
말이다.

2장

단편소설 쓰기

I

현대소설과 마찬가지로 현대 단편소설 역시 프랑스에서
시작되었거나 혹은 적어도 시대적 승인을 받은 듯하다.
이 분야에서 영국 작가들은 프랑스인과 러시아인이 처음
예술 활동을 시작한 지점에 뒤늦게 도달했다.

그 이후로 단편소설은 하디 씨(단편 분야에서는
딱히 최선을 다하지 않았지만)와 같은 소설가들, 그리고
확실히 탁월한 세 작가들인 스티븐슨, 제임스, 콘라드에
의해 발전했으며 새로운 방향으로 뻗어 나갔다. 또
콩트의 대가인 키플링 씨와 아서 퀼러 코치 경의 경쾌한

초기작이자 그 가치에 비해 덜 알려진 『3목 두기[†]』와 「나는 세 척의 배를 보았네」도 들 수 있다. 이 작가들은 「떠도는 윌리 이야기」를 비롯한 여러 단편을 쓴 스콧, 산발적이고 기이한 단편을 써낸 포, 그리고 호손 등이 등장하기 훨씬 전에 있었다. 그러나 스콧, 호손 그리고 포의 최고작 중 거의 대부분은 고전적인 전통 바깥에 놓인 으스스한 이야기 범주에 속한다.

관습소설에 있어서는 시간 순서를 거꾸로 뒤집어야 할 텐데, 훌륭함을 기준으로 분류한다면 좀 더 어려울 것이다. 발자크나 톨스토이, 투르게네프 같은 대가들의 맞은편에 리처드슨부터 제인 오스틴, 새커리와 디킨슨까지, 영국의 위대한 천재 관찰자들이 든든하게 균형을 이룰 테니 말이다. 그러나 단편소설에 관해서는, 특히나 가장 압축적인 형식인 콩트의 첫 예시는 의심할 여지 없이 대륙에서 나왔다. 다만 영어 문자 덕에 그 형식을 계승하고 각색한 세대는 다음과 같은 괴테의

† noughts & crosses. 두 사람이 3 x 3 사각형 속에 번갈아 가며 O나 X를 그리는 게임으로, 연달아 3개의 O나 X를 먼저 그리는 사람이 이긴다. 아서 퀼러 코치는 동명의 소설을 썼다.

원칙에 따라 성장했다. "자신만의 독창성이라는 잘못된
관념에 갇혀 있는 이들은 결코 그 잠재력을 충분히
성취하지 못할 것이다."

형식(서술된 사건들이 시간과 중요도에 따라
분류되는 방식이 이미 정형화된)에 대한 감각의 경우,
특히나 고전에 관해서는 더더욱, 모든 예술이 라틴
전통을 따른다. 천 년에 이르는 이 형식(가장 광범위한
훈련의 의미에서)을 예술적 표현의 첫째 조건으로서
따르고 적용하는 일, 암묵적으로 받아들이는 일은
프랑스 소설 작가들에게 불필요한 짐을 덜어 주며 길을
터 주었다. 프랑스의 토양이 그 어느 곳보다도 가장
잡초가 없고 경작하기 좋으며 무르듯, 예술에 있어서도
마찬가지로 프랑스 문화가 뻗어 가는 곳은 어디든 가장
많은 작품이 태어나며 가장 많은 씨앗이 뿌려질 준비가
되어 있다.

그러나 위대한 러시아인들(이들은 흔히 여겨지는
것보다 훨씬 더 프랑스 문화에 빚지고 있다)은
프랑스어로 누벨[nouvelle, 단편소설]이라 불리는 말끔한
것을 차용하곤 거기에 자주 결핍되어 있던 차원을

추가로 부여했다. 정말로 좋은 주제를 잡았다면 작가는
눈물이 날 정도로 깊이 파고들기만 하면 되는데,
러시아인들은 거의 항상 그 깊이로 파고들었던 것이다.
그렇게 프랑스와 러시아의 예술이 함께 빚어낸 결과,
단편소설은 형식의 심오함과 더불어 그 감각의 굉장한
엄밀성을 얻게 되었다. 삶의 표면에 느슨하게 걸친
거미줄 대신, 그들은 인간 경험의 본질로 곧장 향하는
최적의 통로를 만들어 냈다.

II

워즈워스의 동시대인들을 무척이나 사로잡았던, 장르를
분류하고 또 세분류할 필요성을 비평가가 더는 느끼지
않지만, 모든 예술 분야에는 일종의 괄호를 필요로 하는
작업이 몇 있다.

소설의 경우 그중 하나는 초자연적인 요소다.
이는 독일과 아르모리카[†]의 불가사의한 숲, 땅거미가
길게 늘어지고 바람이 울부짖는 땅에서 탄생한 듯하며,

확신하건대 프랑스인들 혹은 심지어 러시아인들의
손도 거치지 않고 우리에게 도달했다. 마법사와 마술은
남쪽 지중해 연안 지역의 산물이다. 테오크리토스가
그린 마녀는 스코틀랜드 황야에 사는 노파 자매들을
위해 양조주를 빚기는 했지만, 유령 같은 허깨비는
영국과 독일의 소설 페이지 안에서만 돌아다닌다.

그렇게 된 이유로는 가장 독창적인 우리 위대한
영국 단편소설의 덕이 크다. 스콧의 「떠도는 윌리
이야기」부터 에드거 앨런 포가 르 파뉘의 「지켜보는
자」에서 영감을 받은 끔찍한 환각, 스티븐슨이 쓴
「괴팍한 자넷」, 그리고 영어로 쓴 으스스한 소설의
마지막 거장인 헨리 제임스의 『나사의 회전』에
이르기까지 말이다.

작가가 의도한 효과를 완벽히 달성한 이 모든
이야기들은 가장 섬세한 기교의 전형이다. 탁월한 유령
이야기를 쓰는 데 유령을 믿거나 하물며 유령을 본

† Armorica. 프랑스 북서부의 브르타뉴 반도를 포함해 센강과
루아르강 사이의 갈리아 지역에 붙여진 고대 이름.

적이 있다는 것만으로는 충분하지 않다. 극복해 내야
할 비개연적 요인이 클수록 접근법을 더 많이 연구해야
하며, 자연스러운 분위기를 더욱 완벽하게 유지해야
한다. 만사가 항상 그런 식으로 일어날 가능성이 있다는
전제를 수월하게 유지해야 하는 것이다.

　단편소설의 주된 의무 중 하나는 독자에게
즉각적인 안정감을 주는 것이다. 모든 구절이 이정표가
되어야 하며, 절대로 (의도한 경우가 아니라면) 오해의
소지가 있어서는 안 된다. 독자는 안내자를 신뢰할
수 있다고 느껴야 한다. 믿음이 생기고 나면 독자는
아라비안나이트가 보여 주듯 가장 놀라운 모험 이야기에
몰입할 수 있을 것이다. 한 지혜로운 비평가는 언젠가
이렇게 말했다. "당신은 독자더러 당신이 믿으라고
만들 수 있는 모든 것을 믿어 달라고 요청할 수 있다."
비현실적인 것은 귀신이 아니라 확신 없는 역사가의
묘사일 뿐이다. 무관한 것을 최대한 건들지 않는다면,
또 오싹한 냉기를 부주의하게 쓴다면 주술은 당장 깨질
테고, 험프티 덤프티†를 다시 담벼락에 세우기까지는
오랜 시간이 걸릴 것이다. 독자가 작가의 확고한

발걸음에 대한 믿음을 잃는 순간, 비개연성의 틈새는
크게 벌어지고 만다.

그러니 비개연성 자체는 결코 위험 요소가
아니지만, 비개연성이 드러나게 되는 건 위험하다.
1장에서 내가 병리학적인 상태라고 언급한 것, 즉
일반적인 경험의 영역 바깥에 놓인 심신의 상태에 관한
이야기가 아니라면 말이다. 물론 이 개념은 유령을 믿는
것과 같은 민족 문화의 초창기로부터 전해져 내려온
내면 상태에는 적용되지 않는다. 상상력의 불꽃을 지닌
사람 중 그 누구도 유령 이야기가 '개연성이 없다'며
반대한 적 없다. 그 불꽃이 없었을 게 분명한 바볼드
부인^{††}은 개연적이지 않다는 이유로 『노수부의 노래』를
비난했다고 알려져 있지만 말이다. 우리 대부분은
원형적 공포에 대한 어렴풋한 기억을, 그리고 누군가의

† 영국 동요에 나오는 캐릭터로, 주로 담벼락에 앉아 있으며
  넘어지기 쉬운 상태로 묘사된다. 문학적인 의미로는 불안정한
  위치에 있는 사람, 한번 넘어지거나 굴러떨어지면 일으켜
  세우기 어려운 무언가를 지칭한다.
†† 애나 래티시아 바볼드(Anna Laetitia Barbauld). '문학계의
  여인'이라 불리는 영국 작가.

이름을 으스스하게 발음하는 혀를 어느 정도는 가지고 있다. 물론 광인이나 신경쇠약증 환자가 어떤 행동을 할지 선험적으로 믿을 수는 없다. 그들의 사고 과정은 보통의 우리와는 다르며, 기껏해야 비정상적이고 예외적인 사람들이라고 상상할 수 있을 따름이므로. 하지만 좋은 유령 이야기는 모두가 알아차릴 수 있다.

　　독자의 신뢰를 얻고 나면, 다음 원칙은 독자의 주의를 산만하게 하거나 흩뜨리는 일을 피하기다. 공포 이야기가 되고자 하는 많은 소설들은 공포를 늘어놓거나 다채롭게 만듦으로써 더는 무섭지 않게 된다. 무엇보다도, 공포 요소를 늘어놓는다면 그것들이 분산되는 게 아니라 누적되어야 한다. 하지만 최대한 덜 늘어놓는 편이 낫다. 예견된 공포가 자리를 잡으면 그것은 하프의 같은 줄을 퉁기듯, 같은 신경을 건드리며 효과를 발휘할 것이다. 조용한 반복은 다채로운 공격보다 훨씬 더 괴롭고, 예상되는 공포는 예상치 못한 것보다 더 무섭게 마련이다. 희곡 『황제 존스』는 단순함과 반복의 힘을 보여 줌으로써 관객을 그에 상응하는 긴장 상태에 놓는 탁월한 예시다. 온전한

부두교[†] 주술을 통해 부두교가 어떻게 작용하는지를
보여 주는 작품이다.

『나사의 회전』(초반부에 그치지 않고 200페이지
내내 유령 같은 분위기를 유지한다는 점에서 초자연적인
이야기 중 독보적인 작품)에서 공포의 경제학은
극대화된다. 독자는 무엇을 기대하게 되었는가? 언제나,
책을 읽는 내내, 숨죽인 불운의 집 어딘가에서 가엾은
가정교사는 자신이 책임지고 영혼을 지켜 내야 한다고
믿는 두 악마 중 한 명을 마주치게 될 것이다. 이는 피터
퀸트의 유령이거나 '공포 중의 공포'인 제슬 양의 유령일
터다.[††] 이 단일한 공포로부터의 전환은 시도되지도,
예상되지도 않는다. 이 이야기가 심오하고도 소름
끼치는 도덕적 중요성에 의해 매듭지어지는 것은
사실이다. 그러나 대부분의 독자들은 그것을 의식하기
전에 두려움이, 몸이 덜덜 떨리는 단순하고 본능적인

[†] 16~19세기에 서아프리카에서 서인도제도의 아이티로 팔려
온 흑인 노예들이 믿던 종교로, 마법 등의 주술적 힘을 믿는다.

[††] 『나사의 회전』 속 등장인물들로 피터 퀸트는 하인, 제슬 양은
전임 가정교사였다.

두려움이 목을 조여 온다고 인정할 것이다. 바로 이것이 유령 이야기를 쓰는 작가들이 추구하는 바다.

III

단편소설에 있어 '좋은 주제'란 장편으로 확장될 수 있는 것이어야 한다고들 한다.

특수한 경우에는 이 원칙을 옹호할 수 있다. 그러나 어떠한 일반 이론을 세우기에는 오해의 소지가 있다. 모든 '주제'는 (소설가의 입장에서) 필연적으로 자체적인 차원을 내포해야 한다. 그리고 소설가의 본질적 재능 중 하나는 그 주제가 현현을 요청하며 소설가에게 스스로를 내보이는지를, 그리고 그 분량이 단편에 적절할지 장편에 적절할지를 식별하는 일이다. 만약 둘 모두에 적용될 수 있다고 여겨진다면 둘 다에 부적절할 수도 있다.

그러나 원칙을 주장하는 것만큼이나 그 원칙을 부정하는 엄격한 이론을 기반으로 삼는 것 또한 크나큰

실수다. 장편으로 확장될 수 있었던 주제로 쓰인
단편소설의 예시를 누구나 떠올릴 수 있을 것이다.
그것들은 단순히 조잡한 소설이 아니라 특별한 애정으로
빚어진 전형성을 띠는 이야기들이다. 예술에 있어
일반적인 규칙들은 주로 광산 속 램프나 어둑한 계단을
내려가는 난간으로서 유용하다. 지침을 제공한다는
점에서는 필요하지만, 공식이 되고 나면 지나치게
숭상하는 것은 실수다.

하나의 주제가 이야기가 아닌 소설의 형식으로
표현되어야 하는 이유는 적어도 두 가지다. 그러나
어느 쪽도 편의상 서사가 내포하는 사건 혹은 외부의
일이 몇 개인지와는 상관이 없다. 독특한 개성을 잃지
않으면서도 단편소설로 압축될 만한 소설들은 분명
있다. 더 긴 전개를 요하는 주제의 특징으로는 첫째,
인물의 내적인 면면이 점진적으로 드러나는 경우,
그리고 둘째는 독자의 마음속에 시간의 흐름을 느끼게
할 필요성이 있는 경우다. 가장 다채롭고 흥미진진한
외부 사건들은 가능성을 잃지 않은 채 단 몇 시간으로
압축될 수 있지만, 도덕적인 드라마는 대개 영혼 깊숙이 뿌리를 내리고 있으며 시간을 한참 거슬러 올라간다. 그 드라마가 스스로 설명되고 정당화되려면 가장 갑작스럽게 보이는 충돌이 찬찬히 진행되어 절정에 이르러야 한다.

실제로 단편소설이 절정의 순간에 이르렀을 때 도덕적 드라마를 활용할 수 있는 경우가 있다. 만약 해당 사건이 한 번의 불현듯 떠오르는 회고를 통해 충분히 다뤄질 수 있는 경우라면 단편소설의 자격이 주어진다. 그러나 만약 주제가 무척 복잡하고, 연속적인 단계들이 매우 흥미로워 정교하게 해명될 필요가 있는 경우, 시간의 경과가 반드시 암시되어야 하므로 소설의 형식이 적절하다.

단편소설이 추구하는 압축성과 순간성의 효과는 주로 두 개의 '단위'(unities), 즉 오랜 전통의 시간과 좀 더 현대적이고 복잡한 시간을 관찰함으로써 달성되는데, 특히 후자의 경우 아무리 급격하게 행해진 사건이더라도 오직 한 쌍의 눈만 포착할 수 있다는 것을 전제로 한다.

이야기 속 인물이나 그들이 처한 상황을 수정하는 데 있어 시간 간격을 충분히 길게 표기하는 것이 가장 저급한 방식이라는 사실은 상당히 명백하다. 그러한 간극을 사용하게 되면 필연적으로 단편소설은 지나치게 압축된 이야기로, 소설의 노골적인 시나리오로 바뀌어 버린다. 소설의 기법을 검토하는 시도를 다룬 3장에서는 독자가 시간의 흐름을 느끼도록 하는 기술에 관한 근본적인 수수께끼를 탐구할 텐데, 아마도 톨스토이가 이 분야의 유일하게 완벽한 장인일 것이다. 한편, 제3의 것이자 중간 형태의 이야기, 즉 긴 단편소설의 경우에는 소설로 확장하기엔 재질이 너무 약하고 간결하게 쓰기엔 너무 퍼지는 모든 주제에 활용할 수 있다.

또 다른 단위는 시각에 관한 것으로, 소설에 관해 다루어질 때는 훨씬 더 복잡한 문제가 된다. 헨리 제임스는 자신의 예술에 관한 사유를 써낸 거의 유일한 소설가이자, 거장들이 오랫동안 (간헐적이긴 해도) 관찰해 왔음에도 불구하고 그 원칙을 처음으로 제시한 사람이기도 하다. 다른 소설가들은 (짐작건대) 앉아서 글을 쓰며 이렇게 자문했을 것이다. 내가 말하려는 것을 누가 보았는가? 나는 이 소식이 누구에 의해 전해지길 바라는가? 이 질문에 대한 답이 주제를 결정하므로,

주제를 선정한 다음 어떤 탐구보다 먼저 이 질문을
던져야 할 것처럼 여겨진다. 그러나 어떤 비평가도 이를
제기한 적은 없는 것으로 보이며, 『결정판』†의 뒤엉킨
서문에서 헨리 제임스가 이를 해냈다. 기술적 원리는
언젠가 착실히 분리되어야 하겠지만 말이다.

정확히 똑같은 일이 절대로 두 사람에게 일어날
수는 없으며, 주어진 사건의 목격자들이 제각기 다르게
전달할 것임은 분명하다. 어떤 천상의 감독이 제인
오스틴과 조지 메러디스에게 똑같은 주제를 쥐어 주었다
한들, 어리둥절한 독자는 두 작품 사이의 공통분모를
발견하는 데 적잖이 애를 먹을 것이다. 헨리 제임스는
바로 이 점을 지적하면서, 주어진 사건을 반영하는
역할로 설정한 인물 역시 최대한 넓은 시각을 지닐 수
있도록 배치되고 구성되어야 한다는 당연한 사실을
주장했다.

개연성이라는 궁극의 효과를 위해 하나 더 필요한

---

† 1907년부터 1909년까지 매달 발표된 헨리 제임스의 작품선.
그는 당시 스스로 이를 '뉴욕판'(New York Edition)이라고
불렀다.

게 있다. 그것은 다름 아닌, 반영하는 역할을 맡은 인물이 자신의 기록으로서 자연스럽지 않은 것은 절대 기록하지 않도록 하는 것이다. 이야기꾼이 가장 먼저 신경 써야 할 것은 반영할 내면을 신중하게 고르는 일이다. 건물을 지을 부지를 고르거나 집의 방향을 결정하듯이 말이다. 그렇게 고른 뒤에는 선택한 내면 안에 들어가 살면서 더도 말고 덜도 말고 정확히 그 인물처럼 느끼고, 보고, 반응해야 한다. 그래야만 작가는 자신이 택한 해석자가 생각과 은유의 불일치를 보이지 않게끔 할 수 있다.

IV

무엇이 '좋은 단편소설'의 기본적인 규범을 구성하는지 (영구적인 의미에서) 확인해야 하는 과제가 남아 있다.

성공적인 이야기와 성공적인 소설사이의 묘한 구별은 즉시 드러난다. 감히 말하자면 (예술에 있어 성취를 가르는 가장 확실한 방법은 생존이기에) 소설을 가늠하는 잣대는 사람들이 살아 있어야 한다는 점이다.
얼마나 유익하든 상관없이 어떠한 주제도
그 자체로는 소설에 생동감을 주지 않는다. 그렇게 할
수 있는 건 오직 소설 속 인물들뿐이다. 단편소설에
있어서는 좀 다르다. 가장 위대한 몇몇 단편소설은 오직
상황의 극적인 표현 덕에 생동감을 얻었다. 확실히 단편
속 인물들은 꼭두각시보다는 나아야 하지만,
개별 인간보다는 못한 존재일 수 있다는 것도 분명한
사실이다. 이런 점에서 소설보다는 단편소설이
옛 서사시나 발라드를 정통으로 이어받는다고 할 수
있을 것이다. 그 초기 형태의 픽션은 전부 행동이 주된
사건이었고, 인물들은 단지 꼭두각시로 머물거나, 그렇지
않을 경우 전형성을 거의 혹은 전혀 벗어나지 않았기
때문이다. 예컨대 몰리에르가 그린 인물들처럼 말이다.
이러한 차이의 이유는 명백하다. 전형성을 지닌, 즉
보편적인 인물은 조금만 설명해도 설정할 수 있지만
변화하는 상황이 연이어져도 이야기 속 인물들이 개성을
잃지 않으려면 독자가 본능적으로 진전을, 개성의
발현을 필요로 하게 된다. 이러한 느리지만 지속적인

성장을 위해선 여유가 필요하기에, 더욱 큰 규모의
교향곡과도 같은 계획이 요구된다.

그러므로 단편소설과 소설의 주된 기술적 차이점은,
단편소설의 경우 주된 관심사가 상황, 소설의 경우엔
인물이라는 점으로 요약될 수 있다. 또한 단편소설에
의해 발생한 효과는 형식 혹은 표현에 거의 전적으로
의존한다. 심지어는 소설을 구성할 때보다 더욱더
(그렇다, 훨씬 더) 해당 사건의 생생한 인상, 그 현재성을
추구해야 하며, 사전에 확실히 서술해 두어야 한다.
예술에 있어 진정한 부주의는 바로 그 신중한 전략이
없을 때 발생하기 때문이다. 단편소설 작가는 자신이
제시하려는 일화가 폭발적인 위력을 거두기 위해서는
어떤 각도에서 써야 하는지를 알아야 할 뿐 아니라,
왜 하필 그 각도가 옳은 것인지를 인지해야 한다.
그러므로 그는 주제를 계속해서 뒤집어 보고, 소위 말해
다각적으로 검토해야 하며, 파올로 우첼로가 "매우
아름답다"고 일컬은 바 있는 원근법을 적용해야 한다.
나무에서 떨어진 잘 익은 과일처럼 독립적이면서도
자연스럽고 꾸며 내지 않은 이야기로 독자가 받아들일

수 있도록 말이다.

　작가가 자신의 뒤엉킨 '재료'를 더듬거리기 시작하는 순간, 즉 어떠한 실제 사건이 어수선하게 넘쳐나는 지점들 사이에서 망설이기 시작하는 순간, 독자는 곧장 머뭇거리게 되고, 그러면 현실의 환상은 사라지고 만다. 인쇄된 페이지 위의 문장들을 주시하지 않으면 연극에서 무대 위의 시각 장치들에 유념하지 않아 주제가 '진행되지' 못하는 것과 같은 실패를 낳는다. 단편소설 작가는 무슨 수를 써서라도 기술적 묘기를 최소한으로 줄여야 한다. 가장 영리한 여배우가 화장을 가장 옅게 하듯이 말이다. 다만 그가 언제나 명심해야 할 것은 종이 위에 살아남은 그 최소한의 묘기가 독자의 상상력과 자신의 상상력 사이를 잇는 유일한 다리라는 점이다.

v

니체는 천재들이 '끝을 내기 위해', 그러니까 어떤 예술 작품에든 결론을 내리기 위해 불가피함을 부여했다고 말했다. 이는 픽션이라는 예술 분야 중에서도 특히 소설에 해당된다. 쌓아 올린 모든 돌에 고유한 무게와 힘이 있고, 가장 높은 탑을 세우기 위해 그 비율을 고려해 기초를 놓으면서 서서히 세워지는 기념비가 바로 소설이다. 반대로 단편소설의 경우에는 이야기의 출발점을 어떻게 놓을 것인가가 작가의 첫 번째 관심사라고 할 수 있다.

부적절하거나 비현실적인 결말은 소설에선 그 효과가 미미할지 몰라도 단편소설에선 그 가치를 매우 떨어뜨린다. 서술된 이야기가 무엇이든 4,500번째 단어에서 끝맺도록 자동 설정한 여섯 개 정도의 '표준화된' 결말을 보여 주는, 기계적으로 찍어 낸 듯한 암울한 규칙성은 이미 증명된 바 있다. 모든 주제가 고유한 차원을 지니고 있으므로 명백히 그 결론도 처음부터 지어지게 마련이니, 가장 깊은 층위의 의미에 부합하게끔 이야기를 끝맺지 못하면 그 작품의 의미는 없어진다.

그럼에도 불구하고, 주제를 숙달한 단편소설 작가의

첫 번째 관심사는 음악가들이 '어택[†]'이라고 부르는
것을 연구하는 일이다. 소설의 첫 페이지가 전체를
담아내야 한다는 규칙은 단편소설에 훨씬 더 적합하다.
단편소설은 그 궤적이 몹시 짧아 번개와 천둥이 거의
동시에 치기 때문이다.

벤베누토 첼리니는 어린 시절 어느 날 아버지와
함께 난롯가에 앉아 있다가 둘 다 불 속에서 도룡뇽을
보았다고 자서전에 썼다. 그때도 그 순간의 광경은
이례적이었을 것이다. 아버지가 곧장 아들의 귀를
감쌌고, 그로써 그는 자신이 본 것을 결코 잊지 않게
되었으니 말이다.

이 일화는 단편소설 작가에게는 격언으로 다가온다.
도입부가 생생하고 효과적이라면 독자의 관심을 즉시
끌어올 수 있다는 뜻이다. 이튼 칼리지의 한 소년이
학교 잡지에 기고한 소설이 "공작부인은 담배에 불을
붙이며 '제기랄'이라고 말했다"는 문장으로 시작된다면,

[†] 벨칸도 발성법에서 성문을 열고 성대를 진동시키는 첫 순간,
혹은 한 개의 음표 또는 악구를 명쾌하게 시작하는 것을
뜻한다. 오케스트라에서는 악기의 정확한 개시를 뜻한다.

당시 공작부인은 흡연이든 욕이든 하는 경우가
거의 없었으므로 이후에 진행될 이야기가 강렬함을
유지한다면 그의 작품은 의심할 여지 없이 후대까지
전해졌을 것이다.

이는 또 다른 요점으로 이어진다. 보여 줄 도롱뇽이
없다면, 독자의 귀를 막아 봤자 소용없다는 것이다.
당신이 지핀 작은 불꽃의 중심부가 살아 움직이지
않는다면, 그래서 다른 무언가를 움직이지 않는다면,
소리를 지르거나 흔들더라도 독자의 기억 속에 일화를
각인시킬 방법은 없다. 이야기를 말할 가치가 있는
것으로 만드는, 근본적인 의미를 상징하는 존재가 바로
도롱뇽이다.

생생한 도입부로 시선을 사로잡는 것은 묘기
그 이상이어야 한다. 서술자가 해당 주제를 충분히
숙고함으로써 자신의 것으로 만들고 그의 내면에서
수차례 변화하고 통합되어, 마치 위대한 데생 화가가
누군가의 얼굴이나 풍경의 본질을 대여섯 번의 획으로
보여 주듯, 첫 문단에 아무리 세부 사항이 생략되어
있더라도 전반을 아우를 단서를 부여하며 이야기를

'위치'시킬 수 있어야 하는 것이다.

　　단서가 주어지면 작가는 따라가기만 하면 된다.
그러나 그 손길은 확고해야 한다. 그는 자신이 말하고
싶은 것, 혹은 그 이야기가 말해질 가치가 있는 이유를
단 한순간도 잊어서는 안 된다. 주제에 대한 이러한
확고한 지배력을 갖기 위해선 아무리 단편소설이라도
쓰기 전부터 깊이 숙고해야 한다. 자신이 택한 형식이
지니는 한계로 인해 캐릭터를 정교하게 만들어 현실과의
유사성을 연출할 수 없기에, 단편소설 작가는 모험
자체를 더욱더 생생하게 만들 수밖에 없다.
언젠가 뉴욕의 한 유명한 프랑스 제과점 주인은 그가
만든 초콜릿이 맛있긴 한데 왜 파리의 초콜릿과는
다르냐는 질문을 받았다. 그는 이렇게 답했다. "여기선
비용 때문에 프랑스 제과업자들만큼이나 여러 번 작업할
수 없기 때문이죠." 또 다른 가정적인 비유도 이 교훈을
확실히 일러 준다. 가장 단순해 보이는 소스는 가장
절묘하게 배합해 섞은 소스이며, 가장 단순해 보이는
드레스는 디자인하는 데 가장 많은 연구가 필요한
법이다.

선택이라는 귀중한 본능은 오랜 인내로 제련된다.
우리가 천재는 아닐지라도, 천재가 말하고자
하는 바를 전달하고자 가장 의존하는 것은 틀림없이
그 인내심이다. 이 점에서 반복과 고집은 허용된다.
이야기가 짧을수록 '행동을 강조하기 위해' 세부
사항이 더 많이 탈락되고, 불필요한 것을 버렸을 때
무엇을 유지할지 선택하는 것뿐만 아니라 그 중요한
요소들이 배치되는 순서가 지니는 효과에 더 의존하기
마련이므로.

VI

주제에 대한 깊은 친숙함만이 단편소설 작가를 또
다른 위험, 즉 선별한 일화들의 단순한 스케치로
자족하는 일로부터 지켜 줄 수 있다. 그 위험의 유혹이
더 큰 이유는 몇몇 비평가들이 밀도 있고 장황한
이야기에 분개하느라 빈약하고 축약된 단편소설을
과대평가하는 경향이 있기 때문이다. 메리메의 단편은

종종 콩트의 귀감으로 인용되지만, 그것들은 부여되어야 할 모든 의미가 정교하게 추출된 일화의 대담한 일축이라기보다는 더 긴 이야기의 숨 가쁜 요약본일 뿐이다. 하나 이상의 층위를 없애면 더욱 간단하고 명확하게 이야기의 윤곽을 잡을 수 있다. 플로베르와 투르게네프, 스티븐슨과 모파상의 몇몇 작품이 보여 주듯 진정한 성취는 좁은 공간 안에 무한한 분위기를 그려 내는 것이다.

　독일의 '낭만주의자' 하인리히 폰 클라이스트의 단편소설도 질료를 극단적으로 절제했다는 찬사를 받았지만, 이는 오히려 낭비에 관한 끔찍한 경고로 받아들여야 한다. 개연성이 희박한 사건을 묘하게 끼워 맞춤으로써 실현되는 경제성은 오히려 주제를 시각적으로나 감정적으로 풍부하게 만들 수 있는 모든 것을 생략하는 일이었기 때문이다. 일례로는 물론 「O.후작부인」(인물들이 오직 이니셜로 드러날 정도로 절제되어 있다)을 들 수 있는데, 이것은 괴테의 『친화력』과 마찬가지로 좋은 소설의 요소들을 지니고 있다. 그러나 단편소설이라는 한계로 축소되는 바람에 주제의 골격 그 이상을 보여 주지는 못했다.

'질료의 경제'라는 문구는 소설가와 단편소설
작가가 똑같이 노출된 또 다른 위험을 암시한다. 둘
다에게 우연한 사건들, 사소한 일화들, 놀라움과 모순을
증폭하기 위해 거의 항상 권장되는 것이 바로 '질료의
경제'다. 대부분의 초보 작가들은 실제로 필요한
것보다 두 배나 되는 재료를 작품에 잔뜩 집어넣곤
한다. 대상을 깊이 들여다보는 일을 기피하면 대상의
표면을 꾸미는 게으른 습관으로 이어지게 마련이다.
한때 나는 연인의 싸움이라는 천고불멸의 주제에 관한
원고를 읽어 달라는 요청을 받은 적이 있다. 다투던
커플은 화해에 이르고, 갈등과 화해의 이유는 그들의
성격과 상황 안에 분명히 내재되어 있었다. 그러나 초보
작가는 그들의 재결합에 관한 추가적이고도 우연한
구실을 찾아야 한다고 느낀 나머지, 그들이 드라이브를
떠나도록 만들었고, 말(horse)들이 달아나게 했고,
청년이 숙녀의 생명을 구하게 만들었다. 이는 빈번하게
발생하는 실수의 조잡한 예시다. 새로운 효과를
찾으려 이리저리 질주하는 대신, 상황이 모든 가능성을

드러내지 못한다는 이유로 소설가는 끊임없이 상황의 진정한 의미를 간과하게 된다. 일단 주제에 이끌렸을 때 임의적인 상황의 조합을 찾아 헤매는 대신 마음속에서 천천히 자라나게 한다면, 그의 이야기는 강제로 온실에 갇혀 자란 평범한 과일이 아니라 햇볕에 익어 따뜻한 향기와 풍미를 지닌 과일이 될 것이다.

어떤 의미에서 소설 쓰기는 자산 관리와 비견될 수 있다. 절약과 지출은 각각 한 축을 담당하긴 하지만 결코 인색함이나 낭비로 전락해선 안 된다. 진정한 절약은 주제가 부여할 수 있는 모든 의미를 이끌어 내는 것, 추출과 표현의 과정에 시간을 쏟고, 명상을 하고, 인내심을 바치는 일에 달려 있다.

결국 모든 것이 지출의 문제로 돌아온다. 딱 하나가 모습을 드러내 선명한 빛을 던지며 당신을 부를 때까지 시간을 쓰고, 인내심을 쓰고, 연구를 하고, 고민을 하고, 수백 개의 떠도는 경험들을 쌓아 기억 속에 분류해 두는 것. 창조적인 예술가의 마음은 거울이며 예술 작품은 삶의 거울이라고들 하는데, 틀린 말이다. 진정한 거울은 작가의 마음이며, 그 안에 그의 경험들이 모두 비친다.

그러나 가장 하찮은 것부터 가장 위대한 것까지 모든 예술 작품은 작가의 경험을 단순히 비추는 것이 아니라 투사하는 것이어야 한다. 별들을 올바로 이어 냄으로써 가장 밝은 빛을 비출 수 있도록.

3장

소설 구성하기

I

편의상 분류해 보자면 심리소설은 프랑스에서,
관습소설은 영국에서 시작되었으며, 그 둘의 합작을
통해 발자크의 훌륭한 머릿속에서 기이한 카멜레온 같은
존재, 다루는 주제에 따라 모양과 색을 끝없이 바꾸는
현대소설이 탄생했다.

그 요인을 그러모아 보면 풍속소설이 가장 중요한
역할을 한 것으로 밝혀질 텐데, 여기서는 영국의
영향력이 우세하다. 타고난 역량만으로도 충분히 예술
작품을 만들 수 있다면, 18세기 말부터 19세기 초까지

만개한 영국 풍속소설은 질적으로나 본질적 중요도에
있어 다른 사조를 모두 능가했을 것으로 보인다.

발자크가 스콧에게 진 빚에 관해선 이미 다룬 바
있다. 초기 프랑스 소설부터 리처드슨과 스턴에 이르는
소설의 역사는 잘 알려져 있다. 그러나 영국 소설의
진정한 지향점은 리처드슨의 섬세한 분석도, 스턴의
두서없는 유머도 아닌, 풍성하고도 강력한 관습소설에
있었다. 스몰렛과 필딩은 신선한 공기와 소음,
소란스러운 골목들, 선술집에서의 음담패설을 리처드슨
그리고 이후엔 버니 양이 묘사한 바와 같이 과도하게
격식을 갖춘 응접실로 옮겨 놓았다. 영국 소설가가
지닌 위대하고도 특징적인 재능은 예리하고도 관대한
관찰력과 결합된 담백한 단순함이었다. 필딩부터 조지
엘리엇에 이르기까지, 이 위대한 관찰자들의 계파에서
좋은 유머는 분위기를 형성했고 아이러니는 풍미를
가져다주었다.

제인 오스틴의 시대 전까지는 삶의 복잡한 일들을
해명하지 않고도 이야기를 전개할 수 있었다. 그러나
제인 오스틴의 섬세한 재능은 신중함이 극대화된

지점에서 발휘되었다. 이미 스콧이 외면하기 시작한 사실의 문제를 이 교구 목사관의 여성 소설가는 침착하게 살폈다. 새커리와 디킨스가 자신들의 힘을 밀어붙였을 때 그 사슬이 만들어지고 조각상이 드리워졌다. 『펜데니스 이야기』의 멜랑콜리한 서문에서 새커리는 이 문제를 통렬하고도 강력하게 제기한다. "『업둥이 톰 존스 이야기』의 저자[헨리 필딩]가 세상을 뜬 이후, 우리 중 어떤 소설가도 인간을 묘사하는 데 최선을 다할 수 없었다." 너무 장대하게 시작된 이야기의 위축된 결론 역시 새로운 제한의 마비 효과를 증명한다. 지금은 어떤 면에선 지나치게 낭만화되어 비현실적으로 보이는 샬롯 브론테의 소설들은 관능적이고 부도덕하다는 이유로 비난받았다. 또 한동안 영국 소설은 멀록 양과 욘지 양†의 생기 없는 우화로 쪼그라들 위험에 처해 있었다.

그러나 진실에 대한 이러한 반응, 인간사의 희극과

---

† 각각 빅토리아 시대의 여성 소설가 디나 크레이크, 기독교적인 윤리 소설을 쓴 샬로 메리 욘지를 가리킨다.

비극이라는 실제 문제들을 다루는 일이 주는
갑작스러운 두려움에 있어서라면 새커리는 타고난
재능 덕에 가장 위대한 작가의 반열에 올랐다. 트롤럽은
아마 제인 오스틴의 아류였을 테고, 새커리 이후로 영국
소설가들 중 가장 풍성한 재능을 타고난 조지 엘리엇은
비난하거나 촉구하기 위해 계속해서 멈칫거리는
대신 위트와 아이러니와 섬세함이라는 보물을
쏟아부었을지도 모른다.

　　그러나 예술가는 자신의 재능을 제대로 발전시키기
위해 사회 분위기에 의존하게 마련이다. 그래서 이 모든
소설가들은 유럽 대륙의 동시대인들이 운 좋게 탈출할
수 있었던 사회적 관습이라는 위험에 얽매여 있었다.
다른 지역의 예술가들이 오히려 언제나 삶을 온전하게
바라볼 수 있었으며 그 사명을 부여받기도 했다. 바로 이
점 때문에 보편적 가치를 평가할 때는 그 어떤 우월한
천재들보다도 발자크, 스탕달, 그리고 톨스토이가
새커리보다도 훨씬 높은 위치에 오른 것이다. 대륙의
위대한 소설가들은 모두 영국 선조들에게 공공연한
빚을 지고 있다. 영국 관습소설에서 그 풍성함, 유쾌하고

떠들썩한 분위기, 그리고 파토스를 취해 손안에서
"그것이 트럼펫이 되도록"† 만들었으니 말이다.

어떤 면에서 영국 소설가들은 여전히 최고다.
이는 희노애락을 담아내는 좋은 유머, 더 나아가 좋은
태도를 확산시킨 덕분이다. 프랑스 작가들에게서
엿보인 야만성과 험악함, 러시아 작가들에게서 드러나는
비통함과 심란함은 섬세한 영어의 쾌활함에 걸러져
명료하고 맑은 한 모금이 되었다. 도수가 높지 않고
자극적이지도 않으나 활기를 주고 여운이 긴 맛의
정수 말이다. 작품 전반에 자리한 좋은 유머가 비극의
온전한 표현을 방해하지도 않는다. 오히려 『펜데니스
이야기』와 『허영의 시장』, 『미들마치』와 『바셋주
이야기』 등의 몇몇 장면에선 마지막 쓴맛을 자아내는 데
유머가 기여한다. 리드게이트[『미들마치』]의 마지막과
프루디 부인[『바셋주 이야기』]의 생애 마지막 순간은
정정당당한 승부와 자두 푸딩이라는 안전하고도 품위

---

† 윌리엄 워즈워스의 시 「소네트를 멸시하지 말라」(Scorn Not
the Sonnet)의 구절.

있는 분위기에 파묻히기에 한층 더 비참하게 여겨진다.

그 시기 이후, 19세기 영국 소설가들을 훼방 놓던
내숭이라는 제약이 완전히 무너져 내렸고, (누군가 재치
있게 이름 붙였듯) "이제는 말할 수 있다 파"가 진창에는
진창으로 대응한다는 정반대의 과잉을 향해 돌진했으며,
그로부터는 진정한 예술 작품이 하나도 탄생하지
못했다. 불가피한 반응이었다. 버틀러의 위대한 소설
『만인의 길』이 인간 행동의 주요 원천을 진지하면서도
성실하게 다루었다는 이유로 20년 넘게 출간되지
못했다는 사실을 기억하는 사람은 아무도 없다.
라블레는 금시초문이고 아풀레이우스도 알 리 없는
대중에 의해, 공들인 남학생 포르노가 천재의 작품으로
오인되고 있는 게 요즈음의 세태다. 자유에 익숙해지면
균형은 스스로 바로잡힐 것이다. 새로운 소설가들은
삶을 온전하게 기록하는 것보다 꾸준히 삶을 살피는
일이 훨씬 더 필요하다는 사실을 깨닫게 될 것이다.
그리고 그때쯤이면 더욱 사려 깊은 대중은 더욱 성숙한
예술을 즐길 수 있을 만큼 성숙해질 것이다.

편의상 분류하자면 대부분의 소설은 관습소설,
인물(혹은 심리)소설, 그리고 모험소설이라는 세 유형
중 하나에 속한다. 이렇게 지정하면 서로 다른 방법론을
충분히 설명할 수 있을 것으로 여겨지곤 한다. 각각의
전형적인 예시로 첫 번째 유형에는 『허영의 시장』,
두 번째 유형에는 『마담 보바리』, 세 번째 유형에는
『롭 로이』 혹은 『밸런트레이 귀공자』가 속한다고 할 수
있다. 이러한 분류는 익살스러운 관습소설, 로맨스,
그리고 철학적 로맨스라고 불리는 하위분류를 포함할
수 있도록 더 확장되어야 한다. 그렇게 되면 첫 번째
유형에는 『픽윅 클럽 여행기』가, 두 번째 유형에는
『해리 리치먼드의 모험』과 『파르마 수도원』 혹은 『로나
둔』이, 세 번째 유형에는 『빌헬름 마이스터 수업시대』
혹은 『에피쿠로스 학파 마리우스』가 독자들 앞에
놓일 수 있다.

　　마지막으로, 어느 하나로 분류할 수 없는 매혹적인
혼성 작품으로는 『존 잉글산트』, 『라벤그로』, 그리고

환상과 로맨스, 가장 담백한 현실이 매우 훌륭히 뒤섞인
위대한 스위스 소설『초록의 하인리히』등이 있다.
순수하든 혼성적이든 로맨스를 다루는 마지막 두
그룹에선 단 한 편의 프랑스 소설이 언급되었음을 알
수 있다. (영국으로부터 차용해 온 이후로) '낭만주의'를
자신의 것으로 만든 프랑스의 천재는 사실 로맨스의
가장자리조차 건드리지 않았다. 트리스탄과 이졸데,
그리고 그들의 기나긴 후손들은 프랑스가 아니라
브로셀리앙드†에서 온 것이다.

　이쯤에서 현대소설 연구에 있어 세 가지
주요 그룹 중 마지막에 해당하는 모험소설이 가장
덜 중요하다는 사실을 추가할 텐데, 이는 모험소설이
가장 덜 현대적이기 때문이다. 이 사실로 인해 이
유형 자체가 평가절하되는 일은 결코 없을 것이다.
알렉상드르 뒤마, 허먼 멜빌, 프레데릭 매리엇, 스티븐슨
같은 쟁쟁한 작가들이 우리 기억 속에 엄연히 자리하기

---

† 원탁의 기사 이야기 속 마술사 메를랭과 요정 비비안이
　살았다는 브르타뉴의 숲.

때문이다. 그러나 그들의 용감한 이야기들은 롤랑과 동료들 사이에서 음유시인의 하프에 맞춰 불렸을 테고, 바빌로니아 저잣거리에서 요셉과 그 형제들에게 들려왔을 것이다. 본질적으로 모험 이야기란 모든 다채로운 후속 소설들의 모체이며, 현대의 이야기꾼들은 "또 다른 이야기 들려주세요"라는 유구한 요청에 응답해 만들어진 이미 완벽한 태초의 형식에 몇몇 혁신을 도입했을 뿐이다.

분류를 위한 모든 시도는 학교 시험 또는 교과서에나 나올 법한 내용처럼 여겨질 수 있으며, 워즈워스의 "오쿠쿠, 너를 새라고 불러야 하는가, 아니면 방황하는 목소리?"라는 구절과 관련해 학생더러 "더 나은 구절을 쓰고 그 이유를 밝히라"고 지시하는 악명 높은 시험 문제의 수준으로 사안을 축소시킬 수 있다. 어떤 의미에서 분류는 늘 자의적이고 폄하적이다. 그러나 소설가의 내면에선 이러한 구별이 유기적인 현실을 나타낸다. 여학생이 수업에서 『허영의 시장』을 어떤 방향으로 배우는지는 그다지 중요하지 않다. 그러나 창작자의 시각에서 분류는 방식과 시각의

선택지를 뜻하기에, 단순히 모험가의 이야기로,
혹은 단순히 솔직한 부부의 로맨스로, 혹은 단순히
역사소설로 다루어질 법한 주제를 어떻게 형상화할지
새커리가 정확히 알고 있었다는 사실은 매우 중요하다.
그의 작품은 앞서 언급한 모든 것이며, 그 외에도
훨씬 다양하게 읽힐 수 있다. 바로 이것이 『허영의
시장』이라는 제목에 담긴 모든 가능성이다.

소설가는 많은 주제가 두 번째, 세 번째 혹은 서로
다른 유형의 요소를 포함한다는 사실을 알기에 어떤
방법을 사용할지 결정하는 데 가장 먼저 관심을 둔다.
예컨대 발자크는 『고리오 영감』과 『외제니 그랑데』에서
거의 동일한 요소들을 포함하는 서로 다른 두 방법을
썼다. 하나는 끔찍한 아버지를 광대한 사회적 파노라마
한가운데에 서게 하는 것이었고, 다른 하나는 어느
생기 없는 시골 마을이라는 좁은 배경 위에 서너 명의
주변인물들과 더불어 그 구두쇠(이야기의 제목이 된
바로 그 이름)를 몰리에르처럼 양각으로 새겨 드러내는
것이었다.

또 다른 종류의 혼성 소설이 있는데, 이 경우는

주제보다는 방식이 특징적이다. 지프†의 성공적인
이야기처럼 거의 대화로만 이루어진 소설이다. 이러한
작품에 어떠한 주제가 속할지는 논의의 여지가
있다. 헨리 제임스도 그렇게 생각했으며, 기묘하게
고안된 『사춘기』는 그의 입장에서 "지프의 방식으로
작은 것을 쓰려는" 확실한 시도였다. 그가 언급하지
않았다면 독자들은 유사성을 거의 인식하지도 못했을
것이다. 이상하게도 그는 어떤 주제가 무대에 걸맞은
범주에 속하지 않더라도 묘사보다는 재잘거림의
방식으로 말해질 필요가 있다고 확신했다. 또 더욱더
이상하게도, 그 섬세하고도 미묘한 사례가 『사춘기』다.
모든 어스름과 그림자, 모든 빈정거림, 단계적 차이와
변화들이 전부 그러한 방식을 위해 활용되었다.

제임스가 자신의 작품에 관한 모든 의견에 과민하게
반응했던 탓에 이 질문을 두고 논의하긴 어려웠다.
그러나 그의 가장 열렬한 숭배자들조차 『사춘기』가
대화라는 분칠을 함으로써 얻은 것보다 잃은 게 더

† 프랑스 여성 작가 시빌 리케티 드 미라보의 필명.

많다고 느낄 것이며, 만약 혼성적인 연극 형식이 아니라 소설로 다루었다면, '직선적' 서사가 부과하는 의무 덕에 그는 뒤얽힌 대화 속에서 핵심 문제를 놓치는 대신 직면하고 해명하게 되었을지도 모른다. 어쨌든 이러한 사례는 소설가든 독자든 '대화'소설의 이점을 설득하는 데 별로 도움이 되지 않을 것이다. 사실 이 모든 작업의 핵심 난제, 즉 독자를 향한 재현의 방식은 언제나 주제의 성격에 따라 결정되어야 한다. 그리고 곧장 대화를 요하는 주제는 연극에서 특수한 기교를 완벽하게 표현하길 요하는 주제들 사이에 즉시 포섭되는 듯하다.

'상황'이 다른 무엇보다 중요하지는 않은 모든 주제에 관해서라면 소설이 훨씬 더 우월하며, 이는 그저 자유, 즉 하나의 표현 형식에서 다른 형식으로 수월하게 넘어갈 수 있다는 사실, 그리고 내러티브가 허용하는 방식으로 설명하고 해명할 수 있다는 가능성에 있다. 관습은 모든 예술에 불가피한 첫 요소다. 그러나 자신이 부과한 족쇄에 다른 형식의 족쇄를 추가할 이유는 없어 보인다. 서사, 웅대한 오케스트라 같은 효과부터 현 하나의 미약한 진동에 이르기까지, 유연함과 다양함을 아우르는 서사의 범위가 소설의 본질을 만든다. 그 귀중한 부속물인 대화는 결코 부속물 이상이어서는 안 되며, 오로지 전체 요리에 풍미를 더하는 조미료 한 방울처럼 능숙하게, 그리고 아껴서 사용해야 한다.

소설에서 대화의 사용은 꽤나 명확한 규칙을 정할 수 있는 몇 안 되는 문제다. 대화는 절정의 순간을 위해 남겨 두어야 하며, 서사의 거대한 물결이 해안가에 있는 관찰자를 향해 휘어지며 부서질 때의 물보라로 여겨야 한다. 일어났다 흩어지는 파도, 반짝이는 물보라, 심지어는 짧고 들쑥날쑥한 문단으로 나뉘는 페이지의 단순한 시각적 광경 자체까지도 서사의 간격 안에서 절정의 순간들과 매끄럽게 사라지는 움직임 사이의 대비를 강조하는 데 도움이 된다. 또 그 대비를 통해, 작가가 개입해 서술해야 하는 지점들, 즉 시간의 흐름에 관한 감각도 강화된다. 따라서 대화를 적게 쓰면 이야기의 위기를 강조하는 데뿐만 아니라 전반적으로 이야기의 지속적인 전개에도 더욱 큰 효과를 낼 수 있다.

대화를 서술로 대체해야 한다고 주장하는 또 다른 이유는 낭비와 우회성이다. 현재성과 생생함의 효과를

더 강화하기 위해 과도하게 대화를 사용할 경우 독자는
주제가 무엇이든 그 책을 절반도 채 읽지 못할 것이다.
그리고 작품이 채 끝나기도 전에 이전 장들을 너무
술술 읽은 대가를 치러야 한다는 사실을 깨달을 것이다.
그 이유는 대화의 방식에 내재해 있다. 실제 현실에서 두
명 이상의 사람이 대화를 나눌 때, 그들 사이에 이해된
모든 것은 대화 바깥에 있다. 그러나 소설가가 단지
강조하기 위해서가 아니라 이야기를 전개하는 수단으로
대화를 활용할 때, 등장인물들은 서로가 이미 알고 있는
많은 것들을 서로에게 말해야 한다. 개연성 없음이라는
충격적인 결말을 피하기 위해 그들의 대화는 이른바
잡담이라 불리는, 현실적인 상투어의 부적절한 개입으로
과도하게 희석되어야 한다. 그리하여 트롤럽의 작품
중 가장 별로인 이야기에서와 같이, 페이지마다 장황한
횡설수설을 늘어놓게 되고, 체념한 채 지루해하던
독자는 단 한 단락으로 설명될 수 있었을 지점에
도달해선 어안이 벙벙하고 진이 다 빠지고 말 것이다.

단편소설 쓰기에 관해, 계획과 전개의 모든 세부
사항을 고려해야 할 필요성에 내가 지나치게 연연하는
것처럼 보였을 수 있다. 그러나 단편소설은 즉흥이다.
땅속에 단단히 박힌 견고한 기념물과도 같은 소설과
달리, 단편소설은 획 떠오른 공상의 일시적인 은신처인
것이다.

이는 단지 규모가 다른 것만이 아니라, 그렇게
존재해야 할 이유가 있기 때문이다. 전형적인
단편소설이 둘 이상의 삶을 연결하는 극적인 절정의
축소판이라면, 전형적인 소설은 일반적으로 시간의
간극을 두고 나뉜 일련의 사건이 점진적으로 전개되는
과정을 다루며, 이때 중심인물들 외에도 많은 이들이
어느 정도 부차적인 역할을 한다. 소설에선 돛을 말고
갑판을 정리할 필요가 없다. 소설가는 자신의 주제가
필요로 하고 항해술이 허락하는 한 최대한 많은 범포와
승객을 실어야 한다.

그럼에도 불구하고 소설의 주제가 단편소설에

적합한 주제와 구별되는 기준은 등장인물의 수가 아닌,
시간의 경과를 표기하거나 이어지는 감정 상태를
세밀하게 분석하는 데 필요한 공간의 여부다. 하나 더
말하자면, 후자의 구별은 『크로이체르 소나타』에서처럼
여러 감정 상태가 모두 한 명의 가슴속에 담겨 있고
짧은 시간 안에 압축되어 드러날 때에도 유효하다.
『크로이체르 소나타』나 『이반 일리치의 죽음』,
『아돌프의 사랑』을 단편소설로 분류할 사람은 아무도
없을 것이다. 그러한 예시들은 형식을 엄격하게
구분하는 일의 어려움을 증명한다. 마지막 차이점은
더욱 내밀한 데 있다. 소설은 결국 한 사람에 관한 것일
수 있고, 그의 삶에서 단 몇 시간만을 다룰지 몰라도,
모든 의미와 재미를 잃지 않고서 단편소설의 분량으로
축소될 수는 없다. 이는 선택한 주제의 특성에 따라
달라진다.

　'한 사람에 관한 소설'이 언급되었으니 자전적인
혹은 '주관적인' 변주에 관해 짧게 짚고 넘어가도록
하겠다. 소설의 기법을 연구할 때 누군가는 『클레브
공작부인』, 『아돌프의 사랑』 그리고 『도미니크』 같은

부류의 걸작을 뮈세의 『세기아의 고백』만큼이나 전혀 소설이 아니라고 제쳐 둘지도 모른다. 사실 이 작품들은 모두 천재 작가들의 회고록 파편들이다. 또 자서전을 쓰는 재능은 소설의 재능과는 그다지 밀접한 관련이 없어 보인다. 여기 언급한 작가들 중 라 파예트 부인을 제외하면 아무도 다른 소설을 출간한 적이 없으며, 부인의 다른 시도들은 관심을 받지 못했다. 모든 예술 분야에서 풍성함은 재능의 가장 확실한 신호 중 하나다. 그것은 가장 기본적인 층위에 존재하며, 소설이라는 예술에 있어선 발자크, 새커리, 톨스토이만큼이나 '기차에서 읽는 소설'을 쓰는 작가들도 포함한다. 그러나 그 풍성함은 거의 항상 위대한 창조적 예술가가 누군지를 드러내 준다. 탁월하게 해낼 만한 재능을 가진 사람은 불굴의 집요함으로 계속 작업을 해 나가기 때문이다.

타고난 소설가와 소설이라는 형식으로 자기 고백을 행하는 작가들을 구별하는 또 다른 기준이 있다. 바로, 후자에게는 객관화 능력이 없다는 것이다. 주관적인 작가는 자신의 이야기와 충분히 거리를 두고 이야기를

전체로서 바라보며 배경과 연관시킬 수 있는 힘이
부족하다. 그의 주변인물들은 주요 인물(작가 자신)을
맴도는 위성에 지나지 않으며, 핵심 권위자가 다루지
않으면 사라져 버린다.

이러한 책들은 때때로 걸작이 된다.
그러나 '소설의 예술'이라는 용어가 가상 인물을
창조해 내고 가상의 경험을 발명하는 일(이것이 가장
편리한 정의인 듯하다)을 뜻한다면, 자전적인 이야기는
객관화라는 창조적인 노력을 기울이지 않았으므로
엄밀히 말해 소설이 아니다.

타고난 소설가들이 자전적 소설을 쓰지 않는다는
건 아니다. 그 반대의 사례가 가장 분명하게 드러나는
예시는 바로 『크로이체르 소나타』다. 이런 책과
『아돌프의 사랑』 사이에는 큰 간격이 존재한다.
톨스토이의 이야기는, 물론 작가 자신의 고통받는
영혼에 관한 탐구라고 공공연히 밝히고 있으나,
오셀로만큼이나 객관적이다. 마법과도 같은 전환이
발생한 것이다. 이야기를 읽으며 우리는 소생된
현실 세계(실제 옷을 입은 밀랍 인형들이 전시된

일종의 투소 박물관처럼)에 있다고 느끼지 않는다.
대신 또 다른 세계, 즉 창조적 숨결이 만물을 새롭게
만든 세계, 예술가의 머릿속에서 전치(transpose)된
삶의 이미지 속에 있다고 느낀다. 만약 누군가가
『크로이체르 소나타』를 읽음으로써 톨스토이와
가까워지기 시작했다면, 그는 그 이야기가 객관적으로
작동하는 두뇌의 창작물이라는 말을 들을 필요도 없을
것이다. 완전히 다른 종류의 소설을 만들어 냈거나
만들어 낼 것으로 예상되는 두뇌 말이다. 반면에
『도미니크』나 『아돌프의 사랑』 같은 책을 우연히 읽게
된 누군가에게는 이렇게 말할 수 있을 것이다. "이건
소설가의 발명품이 아니라 천재의 자기 분석이라네."

진짜 소설과 소설의 탈을 쓴 자서전 사이의
연관성을 일러 주는 유명한 책이 한 권 있다. 바로
괴테의 『젊은 베르테르의 슬픔』이다. 이 작품에서 아직
소설이라는 예술에 미숙한 한 천재 청년은 자신의
불행한 사랑 이야기를 매우 내밀하게 꺼내 놓았다.
이 이야기는 매우 주관적이다. 주인공은 단 한 번도
외부의 시선에서 조망되지 않으며, 주변인물들은 거의

포착되지 않는 림보에 갇혀 있다시피 하다. 그러나
『젊은 베르테르의 슬픔』과 『아돌프의 사랑』의 차이는
얼마나 즉각적으로 드러나는가! 후자는 완전히
자족적인 이야기다. 즉, 작가에게 상상의 인물들을
투사하려는 힘이나 욕망을 제시하지 않는다. 『젊은
베르테르의 슬픔』은 다르다. 모든 페이지는 창조라는
여명의 재능으로 전율한다. 사랑에 빠진 남자가 자신의
고뇌에 너무 깊이 몰두하지 않기에 외부의 것들도
돌아볼 수 있다. 어린 동생들에게 빵과 버터를 잘라 주는
샤를로테의 행동을 눈여겨보고, 부르주아적 유머와
숲속 무도회에서 풍기는 운치 있는 분위기를 써 내려간
젊은 괴테는 이미 소설가였다.

IV

형식(서사의 사건들이 분류되는 시간과 중요성에 따라
이미 질서로 정의된)에 관한 문제는 명백한 이유로
단편소설보다 소설에서 다루기 더 어렵고, 그중에서도

관습소설에서 가장 어렵다. 무대 위에 등장인물이 더 많고, 개인적 문제와 사회적 분석이 계속해서 뒤얽히는 분야이기 때문이다.

19세기 초 영국 소설가들은 여전히 이중 플롯이라는 순전히 인위적인 필요성에 사로잡혀 있었다. 어떤 경우엔 거의 연관성이 없는 서로 다른 두 집단이 연루된 두 개의 흥미진진한 이야기가 병렬되는 방식인데, 언제나 깊은 유기적 연결 고리 없이 교대로 제시되곤 했다. 디킨스, 조지 엘리엇, 트롤럽을 비롯해 당대 작가들 대부분의 소설 전반에는 이 지루하고 무의미한 관습이 반복되며, 각 사건의 진행 상황을 확인시키느라 독자의 주의를 산만하게 한다. 두 개의 이야기를 마치 저글링하는 사람의 공처럼 진행시키는 이 인위적인 기술은 새커리가 『허영의 시장』과 『뉴컴가』에서, 그리고 발자크가 『고리오 영감』에서 보여 준 바대로 전형적인 사회 집단들 사이에 얽힌 움직임을 따라가는 시도와는 완전히 다르다. 그 작품들에선 가족이든 더 큰 집단이든 각각의 집단이 어떤 의미에서 이야기의 주인공으로 부상하며, 그들의 운명은 촘촘히

얽혀 있다. 『사일러스 마너』처럼 두세 명으로 이루어진 무대와 마찬가지로 말이다.

이중 플롯은 사라진 지 오래되었고, 주어진 인물의 수를 임의로 맞춰야 하는 정교한 퍼즐이라는 의미에서라면 '플롯' 자체도 폐기된 관습들의 창고에 놓였다. 그러나 한 장면을 필요 이상의 인원으로 채워 넣고 싶다는 욕구를 느끼는 젊은 작가들에게 병렬적인 이야기의 흔적은 여전히 남아 있다. 그 유혹은 관습소설을 쓸 때 가장 크게 작용한다. '삶의 단면'을 그리는 작업을 하는 자가 북적이는 무대를 피하는 방법이 있는가? 정답은, 각각이 사회적 배경 전체를 함축할 만큼 매우 전형적인 이들을 핵심 인물로 택하면 된다. 무대로 몰려들어 독자의 주의를 쓸데없이 분산시킴으로써 혼란스럽게 만드는 건 불필요한 인물들이다. 하지만 주요 인물을 매우 전형적으로 만들어 윤곽을 그려 볼 수 있게 하면 부가적이면서도 필수적인 인물의 수 역시 크게 줄일 수 있다.

프랑스 극장에는 무대 위 사물들(의자, 테이블, 심지어 테이블 위에 놓인 물 한 잔까지도)의 수가 실제로 연극에서 요구하는 그대로 놓여야 한다는 전통이 있었다. 모든 의자에는 누군가가 앉아야 하며, 테이블에는 인물 행동에 필요한 사물이 놓여야 하고, 물한 잔이나 와인 디캔터 역시 연극의 일환이어야 한다는 것이다.

한 세대 전 영국에서 소개된 무대 사실주의는 극과 무관한 기물을 잔뜩 놓음으로써 그러한 배경 지표들을 감춰 버렸다. 그러나 그 사물들은 극작가만큼이나 소설가에게도 중요하기에, 구성의 미로 속 안내자들로서 지금도 건재하다. 연극과 소설에서 모두, 반쯤 그린 인물을 여럿 세우는 것보다 단 몇 명의 인물을 꿰뚫듯 탐구하는 편이 훨씬 더 심오한 효과를 낼 수 있다. 소설가든 극작가든 예상되는 이야기의 끝까지 우선 따라가 보고, 그 인물이 없을 때 이야기가 더 빈약하리라는 확신이 들지 않은 채로 인물을 만들어 내는 모험을 해선 안 된다. 미리 임무를 부여받지 않은 인물들은 다른 유형의 어중이떠중이들만큼이나 당혹스러운 문제를 일으킬 가능성이 높다.

소개할 등장인물의 수에 관해선, 주어진 풍경의

세부 사항만큼이나 연관성이 가장 중요하다. 사실 소재를 완전히 소화한 소설가에게는 인물과 풍경이 하나다. 『산드라 벨로니』에서 달빛에 비친 윌밍 와이어의 움푹 팬 곳은 영국 벽지(corner)의 풍경이자 에밀리아의 영혼을 비추는 풍경이기도 하다. 풍경의 화가로서 자신의 작품을 이야기의 해석에 더하는 것은 조지 메러디스의 특출한 장점 중 하나였으며, 그로써 윌밍 와이어의 풍경이나 『비토리아』 속 몬테 모터론 정상에서의 일출, 그리고 『해리 리치먼드의 모험』에 나오는 근사한 초록빛 농가 그림 같은 장면들은 전부 해당 소설의 필수적인 요소이며, 무엇보다도 그것을 바라보는 사람들에게 일어난 일로 여겨진다.

이는 또 다른 중요한 원칙으로 이어진다. 소설가에게 있어 풍경이나 거리, 혹은 집이 주는 인상은 영혼의 역사에서 하나의 사건이어야 하며, '묘사하는 문단'을 쓰는 것과 그 스타일은 다음과 같은 사실에 따라 결정되어야 한다. 즉, 그 풍경을 바라보는 사람이 지성으로 알아차릴 수 있는 것만을 묘사해야 하며, 그 지성이 표현할 수 있는 범위 내에서 서술되어야 한다.

이 규칙을 준수한 사례와 무시한 사례 모두 하디 씨의
소설에서 찾을 수 있다. 전자는 유스타시아 바이[토머스
하디의 『귀향』]가 레인배로우에서 굽어보며 에그돈
히스에서의 밤에 관한 기억을 탁월하게 소환해 낸
장면이고, 후자는 또 다른 비참한 여주인공†의 눈에는
보이지도 않으며 그 구체성을 알아차릴 수도 없는
웨식스 계곡에 관한 고통스러울 정도로 구체적인
지리적, 농업적 세부 사항을 설명하는 장면인데, 이
묘사를 쓰며 작가는 즐거워했을 테지만 정작 인물은 그
풍경을 전혀 모르는 채 파멸로 돌진한다.

v

소설의 두 가지 핵심적인 어려움(둘 다 처음에는 순전히
기술적인 문제처럼 보일 수 있다)을 고려할 필요도
있다. 주제를 보여 주는 시점을 선택하는 일, 그리고

---

† 『테스』를 두고 한 언급으로 보인다.

시간의 흐름이라는 효과를 독자에게 제시하는 일에 관한 문제다. 둘 다 '순전히 기술적인 문제처럼 보일 수' 있다. 그러나 예술 작품의 기술과 그 전달력 사이에 명확한 선을 긋는 것이 가능하다 하더라도, 문제의 요점은 그렇게 나누기에는 너무 깊다. 문제는 주제에 뿌리를 두고 있으며, (항상 그렇듯이, 결국은) 주제 자체가 그 문제들을 설정하고 제한하도록 해야 한다.

단편소설에 관한 장에서도 서술했듯, 어느 누구도 똑같은 경험을 하지는 않으며, 이야기꾼은 주제를 선택한 다음 문제의 일화가 등장인물 중 누구에게 발생할지를 가장 먼저 결정해야 한다. 똑같은 경험도 누가 겪느냐에 따라 달라지기 때문이다. 이를 소설에 적용하면 어려운 문제처럼 보일 수 있는데, 형상화되는 인물의 입장에서 더 긴 시간 범위가 필요하고 행동의 반경에 더 많은 인물이 필요한 데다 독자가 일어날 법하다고 느낄 만큼 전지적이며 편재한 서술이 필요하기 때문이다. 이 문제는 전체적인 개인사를 유지하면서도 인상의 통일성을 유지하는 방편, 즉 한 인물에게서 다른 인물에게로 시선을 이동함으로써 해결할 수 있다.

이러한 통일성의 문제에 있어선 최대한 시선을 덜
이동시키고, 이야기 자체가 두 개(혹은 최대 세 개)의
시선 안에서 스스로 진행되도록 하는 편이 가장 좋다.
복수의 시선은 서로 긴밀한 정신적, 도덕적 관계성을
지닌 두 사람, 혹은 소설 안에서 서로의 역할을 판단할
수 있을 만큼 분별력 있는 사람들로 택할 수 있으며,
그렇게 할 때 언제나 후자는 다른 각도에서 보더라도
독자에게는 전체로서 드러난다.

이러한 반사체를 선택하는 것은 쉬운 일이
아니다. 더욱더 힘든 건 각각의 시선이 어느 장면에서
드러날지를 결정하는 작업이다. 가능한 유일한 규칙은
첫 번째 반사체가 어떠한 개연성하에서도 인지할 수
없거나 인식하더라도 반응할 수 없는 일이 발생했을 때,
이야기를 진척시키기 위해 곁에 있는 또 하나의 반사체
인식이 필요하다는 점일 것이다.

이렇듯 건조하게 표현하면 이 공식은 자칫
현학적이고 자의적으로 보일 수 있다. 그러나
마음속에서 주제를 충분히 무르익게 한 소설가에게
인물들은 자신의 살결만큼 가깝게 느껴질 테고, 그의

손길 아래 그 과정은 저절로 이루어질 것이다. 이렇게 자신의 창작물과 지속적인 친밀감 속에 살아가는 소설가에겐 그 인물들이 마치 수동적인 구경꾼에게 하듯 자신들의 이야기를 쏟아 낼 수밖에 없다.

의식을 조율하는 문제는 많은 소설가들을 매우 혼란스럽게 했으며, 이를 해결하고자 시도된 다양한 노력들은 흥미진진하고 교훈적이다. 각각은 물론 또 하나의 관습일 뿐이며 어떤 관습도 그 자체로는 반대할 수 없으나, 잘못 사용한 경우엔 비판할 수 있다. 어느 유쾌한 정의에 따르자면, 단지 '잘못된 곳에 놓인 것'일 때 말이다.

신빙성은 예술의 진실이며, 환상을 방해하는 모든 관습은 명백히 잘못된 곳에 놓인 것이다. 등장인물의 마음속을 들락날락하다가, 갑자기 뒤로 물러나선 꼭두각시들의 줄을 잡은 자칭 쇼맨인 양 외부에서 그들을 면밀히 들여다보는 것만큼 더 잘못된 짓은 없다. 모든 위대한 현대소설가들은 이것을 직감했고, 때론 반쯤 무의식적이긴 해도 문제에서 벗어날 방법을 찾기 위해 분투했다. 이에 관해 이루어진 가장 흥미로운

실험은 제임스와 콘라드의 것인데, 둘 다 (비록 방법은
너무도 달랐지만!) 소설은 그 정의상 언제나 예술
작품이며, 따라서 창작자의 노력을 최대한 기울일
가치가 있다고 여겼다.

　　제임스는 장면의 모든 세부 사항을 그 장면에
고정된 시선의 범위와 수용력에 따라 엄격하게
제한함으로써 신빙성의 효과를 추구했다. 『새장
안에서』는 매우 제한된 시야 하나만 허용되는 소규모
실험에 있어 진기할 만큼 완벽한 예시다. 하나의 의식이
다른 의식으로 전환될 필요가 있는 더 길고 사건이 많은
소설들의 경우, 그는 끝없는 독창성을 발휘함으로써
첫 번째 의식에서 두 번째로 전환되며 경계를 넘을
때 독자의 시야가 지속적으로 확장될 수 있도록 했다.
『비둘기의 날개』는 이러한 전환의 흥미로운 예시다.
여기에 만족하지 않고 계속해서 불가능한 완벽성을
추구하는 『황금잔』에서 그는 일종의 조율된 의식을
도입해야 한다고 느꼈으나, 이는 인물들과 주요하게
얽혀 있으면서도 분리된 의식이어야 했다. 소설의
쓰임에 맞게 극적인 형식을 짜내려는 시도는 『사춘기』가

대화로만 쓰이게 만들었고, 같은 시도가 『황금잔』의
비극을 마치 그리스 합창단처럼 노래하는 대령과 아싱햄
부인을 창조해 낸 듯하다. 그 참을 수 없고 비현실적인
부부는 첩보 활동과 밀고로 하루하루를 보내고,
저녁이면 런던 경찰국에나 걸맞은 치밀함과 정밀함으로
각자가 엿들은 내용을 주고받는다. 혼잡한 런던
사회에서 아둔하고 경솔한 부부의 이러한 행동이 전혀
개연성이 없다는 점은, 작가가 다른 방법으로는 전달할
수 없는 세부 사항을 드러내겠다는 유일한 목적으로
이들을 만들어 냈음을 보여 준다. 새커리나 디킨스의
방식대로 '나의 여주인공'이 직접 독자에게 말을 걸도록
하는 빅토리아 중기 시대의 소설가와 같은 행태를
취하지 않은 채로 말이다. 관습에 관습(둘 다 나쁜
관습이다)으로 대처한 제임스는 아마 꼭두각시들 사이에
직접 끼어드는 고루한 작가들보다도 독자의 안정감을
훨씬 더 동요시킬 것이다. 두 경우 모두 피해야 하며,
다른 위대한 소설들이 방증하듯 그렇게 할 수 있다.

　　콘라드 역시 같은 것에 집착했으나, 그는 다른
방법으로 해결하고자 했다. 누군가 적절하게도 '거울의

방'이라 칭한 것, 그러니까 외부에 있다가 우연히
이야기의 흐름 속으로 빨려 들어온 이들의 반사되는
의식을 여러 개 만들어 냄으로써 말이다. 이는 오직
스파이와 도청꾼 역할을 할 목적으로만 강제로 투입된
아싱햄 부부와는 다른 경우다.

콘라드가 이 방식을 처음 개시한 것은 아니다. 모든
단편소설 중에서도 가장 완벽하게 구성된 『브러테슈
대저택』에서 발자크는 여러 우연한 참여자들 혹은
단순한 구경꾼들의 내면에 단편적으로 반사됨으로써
이야기가 어떻게 깊이와 미스터리, 그리고 신빙성을
부여받는지를 보여 주었다. 우연히 어느 지방 도시에
머물게 된 화자는 그 도시에서 가장 근사한 저택 중
하나가 폐허가 된 모습에 충격을 받는다. 그는 황량한
정원으로 들어갔고, 단숨에 변호사에게 붙들려 최근에
사망한 집주인의 유언에 따라 그녀가 죽은 후 50년이
지날 때까지는 아무도 저택에 발을 들일 수 없다는 말을
듣는다. 자연스레 호기심이 생긴 방문자는 뒤이어 여관
주인으로부터 정확한 내용은 결코 모르지만 비극적인
일이 있었으며, 그 사건에 연루된 것으로 의심되는

사람이 사실은 같은 여관에 묵고 있다는 사실을 알게
된다. 그 이야기를 들은 화자는 여관의 하녀에게 질문을
하고, 그 하녀는 죽은 저택 주인을 모셨던 적이 있다며,
무력하고 공포에 떨면서 목격했던 끔찍한 장면을 그에게
털어놓는다. 좀 더 이해력이 있는 화자는 스스로 그
파편들을 그러모아 마침내 독자에게 섬뜩한 진실을
오롯이 알려 준다.

   즉흥성이 흘러넘치는 소설을 구성에 구애받지
않고 써 내려간 듯한 조지 메러디스조차 독자에게 너무
심각한 충격을 주지 않으면서 한 인물의 내면에서 다른
이에게로 넘어가는 방법에 관한 질문 앞에서는 눈에
띄게 당황하곤 했다. 예를 들어, 조지 엘리엇이 말했듯
"스스로를 써 내려간" "거대한 장면" 중 하나에서 그는
아마도 즉흥적으로, 그처럼 특수한 경우엔 탁월하게
성공을 거둔 해결책을 시도했다. 제대로 표현을
못하는 로다 플레밍과 숫기가 없어 말을 잘 못하는
구혼자가 마침내 서로의 마음을 확인하는 인상적인
대화 장면에서, 소설가는 두 사람이 얼마나 말문이
막히는지를 보여 주면서도 뚝뚝 끊기는 구절들 기저에

자리한 감정을 전달하기 위해 말하는 사람이 실제로
생각하는 바를 각 구절 뒤의 괄호 안에 넣는 장치를
활용했다. 이것이 이 책에서 가장 위대한 장면 중
하나다. 그러나 이런 장치를 처음 접해 느끼는 황홀함
속에서조차 우리는 이것이 독자의 인내심과 개연성의
감각을 압박하지 않고는 다음 페이지로 나아갈 수
없는 숨 막히는 샤세 크르와제[†] 같은 것임을 알고 있다.
메러디스는 천재였고, 그가 본능적으로 알았던 효과는
결정적인 순간에 그를 성공적인 속임수에 걸려 넘어지게
만들었다. 그러나 그는 천재였으므로 그 실수를 질질
끌거나 반복하지 않았다.

한 내면에서 다른 내면으로의 갑작스러운 변화가
피로하고 환멸을 자아내는 이유는 (목적은 비록
다르지만) 조지 엘리엇의 생생한 구절로 요약된다.
『미들마치』에서 도로시아와 여동생 셀리아 브룩 간의
대화가 나타나는 부분으로, 언니가 딱히 이유 없이

[†] 남녀가 번갈아 앞으로 뛰어나오는 춤의 일종으로, 이
맥락에서는 엎치락뒤치락하는 엇갈림 혹은 교차를 뜻한다.

사모하는 금욕적이고도 거만한 캐소본 씨를 동생이 처음 만나고 온 뒤의 장면이다. 경솔한 셀리아는 그에게 크게 실망했다. 캐소본 씨가 매우 못생겼다고 생각한 것이다. 그 말에 도로시아는 거만하게도 그가 로크의 초상화를 연상시킨다는 말을 내뱉는다. 셀리아의 말: "로크에게도 털 난 흰 두더지가 있었다고?" 도로시아의 말: "난 감히 그렇게 생각해! 어떤 사람들이 그분을 바라볼 때면."

이 대답이 딜레마를 완전히 요약해 준다. 이야기를 시작하기 전에 소설가는 흰 두더지를 주목하는 눈을 통해 볼 것인지, 혹은 그렇게 못생긴 얼굴에서도 "환상적인 나비가 내려앉은" 형상을 발견하는 눈을 통해 볼 것인지를 결정해야 한다. 둘 다를 할 수는 없고, 그럼에도 독자를 설득할 수 있다는 희망을 품어야 한다.

또 다른 어려움은 인물을 수정하고 성장시키는 것이 자의적인 손놀림이 아닌, 나이와 경험의 성숙에 따른 자연스러운 결과로 보이도록 시간의 경과를 효과적으로 전달하는 일이다. 이것이 소설이라는 예술의 위대한 신비다. 그 비밀은 말로 표현할 수 없을 듯하다. 그저 인물에 대한 소설가 자신의 깊은 믿음, 그리고 그가 그들에 관해 서술하는 바와 연관된다고 추측할 수 있을 따름이다. 소설가는 이러저러한 일들이 인물들에게 닥쳤음을, 그리고 이러저러한 일들이 벌어지는 와중에 몇 달과 몇 년이 침식과 퇴적을 거치며 느리게 흘러갔음을 알고 있다. 또한 그는 이 사실을 식물의 성장처럼 행동으로 포착하기 어려운 어떤 기저의 작용을 통해 전달한다. 위대한 소설가들, 특히나 발자크, 새커리, 그리고 톨스토이에 대한 연구는 이러한 변화가 하나의 절정에서 또 다른 절정으로 이어지는 눈에 띄지 않는 서사의 전환 지점에서 나타나고 또 도달한다는 점을 보여 줄 것이다. 이 효과를 만들어 내는 방법 중 하나는 천천히 가는 것을 두려워하지 않는 것, 서사의 어조를 침착하게 유지하는 것, 실제 삶이 그러하듯 고조되는 순간들 사이사이에는 무색하고 고요해지는 것이다.

이와 관련된 또 다른 어려움은 인물들의 주요한 유형을 확고하게 유지함으로써, 성숙하거나 파국에 이르는 과정에서 자칫 변화하는 듯 보이면서도 개성을 오롯이 유지하는 경우다. 톨스토이는 이 재능을 가장 훌륭하게 지닌 작가다. 『전쟁과 평화』의 울창한 숲에서 인물이 다시 나타날 때마다, 독자의 귀가 그의 목소리와 말투를 거의 잊어버렸을 정도로 오랜만에 나타났다 하더라도, 그가 새로운 고통과 경험을 통과했음에도 즉시 그 인물로 온전히 인지된다. 마지막 장에 이르러 뚱뚱하고 지저분한 가정주부(mere-de-famille)가 된 나타샤는 안드레이 왕자를 처음 사로잡았던 환희 어린 환상과는 다르면서도 믿을 수 없을 만큼 유사하다. 왕자 자신 역시 오랜 투병에 할애된 더할 나위 없이 아름다운 페이지들에서 스러져 가는 과정을 독자에게 보여 주는데, 잎사귀가 떨어져 내리는 것처럼 세상으로부터 유리되어 가는 그는, I장의 저녁 파티 장면에서 한심하고 짜증나는 아내와 동행했을 때의 불안하고 불행한 남자와 똑같은 인물이다.

베키 샤프[『허영의 시장』], 펜데니스, 도로시아 캐소본과 리드게이트, 찰스 보바리[『마담 보바리』]를 보라. 성장과 쇠락이 얼마나 확고하고도 끈기 있게 제시되는지! 그리고 그들이 간격을 두고 등장할 때, 도덕적 경험뿐 아니라 실제로 계절의 변화가 있었다는 감각, 정말 간격이 있다는 감각이 얼마나 신비롭고도 확실하게 전달되는지! 이러한 감각을 만들어 내는 것은 이 예술의 가장 중요한 미스터리다. 이에 필요한 인내, 명상, 집중력, 그리고 모든 고요한 내면의 습관은 이제는 거의 행해지지도 않고 가르쳐지지도 않는다. 이것들에 더해 마지막으로 헤아릴 수 없는, 천재적인 재능이 추가되어야 한다. 이것이 없다면 나머지는 쓸모없으며, 또 반대로 나머지가 없다면 그 재능은 활용될 수 없다.

VI

『전쟁과 평화』를 여는 첫 장면인 저녁 파티는, 유난히 인물이 많은 소설이 될 작품의 첫 장에서 주요 인물을 '위치시키는' 어려운 기술을 가장 성공적으로 보여 주는 사례 중 하나다. 어떤 독자도 지루하고도 하찮은 상트페테르부르크 연회에 연이어 도착하는 이들을 한 명이라도 잊거나 헷갈리지 않을 것이다. 단 한 번의 강력한 손길로 톨스토이는 모든 인물들을 한데 모아 우리 앞에서 행동하게끔 만든다. 『카라마조프가의 형제들』의 첫 장은 마찬가지로 탁월한 성취를 보여 주지만 아주 다르다(영어 또는 독일어 번역본의 경우에 해당한다. 현재 프랑스어 번역본에선 별다른 이유 없이 생략되어 있으므로). 도스토옙스키는 이 장에서 빈 벽에 초상화들을 연이어 걸어 놓았다. 무자비한 정확성과 지독한 통찰력으로 카라마조프 집안의 모든 구성원을 한 명씩 차례로 소개한다. 그러나 그들은 그림 속에 걸려 있을 뿐, 혹은 그 안에 서 있을 뿐이다. 독자는 그들에 대한 모든 것을 듣지만, 그들이 직접 나타나는 바람에 놀랄 일은 없다. 『카라마조프가의 형제들』에서 그들에 관한 이야기는 이후에야 시작되지만, 『전쟁과 평화』에서 첫 문단은 서사 한복판으로 이어지고, 모든 구절과 모든 몸짓은 오직 톨스토이만이 해낼 수 있는 느리고도 포괄적인 움직임으로 이야기를 전한다.

인물이 여럿 등장하는 소설은 대개 좀 더 천천히 (예컨대 『허영의 시장』에서처럼) 시작되고, 인물들은 조심스럽게 차례대로 소개된다. 그렇게 하면 확실히 더 간단하고, 경우에 따라선 효과적이다. 『적과 흑』 첫 장에서 레날 씨와 부인, 그리고 어린 아들들의 아침 산책 장면은 충분히 불길한 징조를 품고 있다. 펜데니스 소령의 고독한 아침 식사 장면도 마찬가지다. 분량이 길고 인물이 많은 소설의 도입부가 대부분 조용한 건 그럴 만한 이유가 있다. 비록 소설가는 톨스토이처럼 장엄하고 풍성한 손길로 모든 인물들을 판 위에 한꺼번에 던져 놓을 수 있기를 바랄지도 모르지만. 이에 관해선 고정된 규칙은 없으며, 다른 방식에 관해서도 마찬가지다. 소설이라는 예술에 있어 모든 방식은 그 자체를 정당화하는 데 성공할 수 있기만 하면 된다. 그러나 성공하기 위해서는 방식이 주제에 걸맞아야 하고, 각각의 특수한 상황에 따르는 어려움에 대응할 최선의 설명을 모색해야 한다.

어디서부터 시작할 것인가는 소설가가 이 다음으로 직면해야 할 질문이다. 적절한 순간을 포착하는 기술은 도입부에서 여러 인물을 제시하는 능력보다 훨씬 더 중요하다.

여기에도 일반적인 규칙을 정할 순 없다. 어떤 주제는, 헨리 제임스가 좋아한 방식대로, 핵심부터 다루어져야 할 수도 있다. 도입부에서 핵심적인 행동이 이루어지며, 회고적인 풍경이 사방으로 퍼져 나가는 방식 말이다. 다른 주제들(『헨리 에스먼드 이야기』가 가장 아름다운 예시 중 하나인데)은 독자가 몰입하며 숙고하는 시간 속에 거의 눈에 띄지 않게 숙성되지 않는다면, 모든 결실을 잃고 말 것이다. 발자크는 『파르마 수도원』의 서문(스탕달의 생전에 그의 천재성을 공공연히 인정한 거의 유일한 글)에서 진짜 도입부가 시작되기 전에 작품을 시작하는 작가를 비난한다. 발자크는 도입부의 워털루 장면이 없었더라면 세상이 무엇을 잃었을지 충분히 잘 알고 있었다. 그러나 그는 스탕달이 하고자 한 이야기가 그 장면과는 무관하다고 주장하며, 다음과 같은 인상적인 문구로 요약한다. "벨 씨†는 이 세계에선 실제이지만 예술에서는 그렇지 않은 소재(워털루 에피소드)를 택했다." 즉, 특정 예술 작품에서 부적절하다는 것은 예술로서의 현실성을 잃어버리고 그저 어느 전쟁터에 관한 노련한 탐구에 지나지 않게 된다는 것이다. 톨스토이가 등장하기

† 스탕달의 본명은 마리 앙리 벨이다.

전까지 세상에서 가장 위대한 탐구였으나, 구성에
있어서는 결코 톨스토이에 비견되지 못하는 탐구
말이다.

VII

소설의 분량에는 여러 속성이 있으나 무엇보다도 확실한
것은 주제에 의해 결정되어야 한다는 점이다. 소설가는
분량에 관한 추상적인 질문을 미리 고민해선 안 되며,
장편을 쓸지 단편을 쓸지도 미리 결정해선 안 된다.
다만 구성을 해 가는 과정에서는 언제나 이렇게 말할
수 있어야 한다. "더 길어도 좋겠군." 또한 이 말은 절대
해선 안 된다. "그렇게까지 길 필요는 없었군."

　당연하게도 분량은 페이지 수의 문제가 아니라
페이지에 들어 있는 내용의 양과 질의 문제다. 확실히
평범한 책은 늘 너무 길고, 위대한 책은 대개의 경우
너무 짧게 느껴진다. 그러나 이 질과 무게의 문제
너머에는 더 밀접하게 연관된 문제, 즉 이러저러한

주제가 요하는 진전에 관한 문제, 이야기의 배가 얼마나 많은 돛을 실어야 하는가의 문제가 자리한다. 위대한 소설가들은 언제나 이것을 알고 있었고, 그 결단에 따라 아슬아슬하게 천을 잘랐다.

A. C. 브래들리는 셰익스피어의 비극에 관한 저서에서 분량 문제에 대해 새롭고 강렬한 시각을 보여 주었다. 다른 비극 작품에 비해선 분량이 짧다는 이유로 이전의 비평가들이 줄곧 불완전한 텍스트라고 짐작한 「맥베스」를 분석하며 브래들리는 다음과 같은 질문을 던진다. 만약 텍스트가 불완전하다면, 그렇게 추정한 빈틈이 어느 지점에서 발견된다는 것인가? 「맥베스」를 처음 읽었을 때 너무 짧다고 느꼈거나 다른 비극 작품보다 확연히 짧다는 점을 알아차린 사람이 있는가? 만약 그렇지 않다면 사실상 우리는 단숨에 그 희곡을 받아들인 게 아닌가? 또 셰익스피어는 주제가 보장되고 관객이 손에 땀을 쥔다면 자신이 충분한 분량으로 성공했다는 것을 알았을 수도 있지 않은가? 여기서 이 주장이 설득력 있다고 생각되든 아니든, 이는 예술 작품을 평가하는 올바른 정신, 그리고 작품에 적용할 수

있는 유일한 도량형 체계의 훌륭한 예시다.

톨스토이는 『이반 일리치』에서 보잘것없는 한 남자의 죽음을 보편적으로 적용될 수 있는 우화로 만들기 위해 이야기를 충분히 전개했다. 조금 더 나아갔더라면 지나친 복잡함과 꼼꼼함이라는 늪에 빠졌을 테고, 불필요한 세부 묘사로 의미를 퇴색시키고 말았을 것이다. 자신의 주제가 요하는 돋의 양에 대해 한 치의 오차도 없는 감각을 지닌 또 다른 작가는 모파상이다. 가장 좋은 증거는 「이베트」에 들어 있다. 꽃 한 송이가 어떻게 나비 한 마리에 꺾이고 마는지에 관한 끔찍한 기록 말이다.

헨리 제임스 역시 『나사의 회전』에서 완벽한 비율의 감각을 보여 주었다. 그는 단 한 번의 오싹함으로 상상력을 자극하는 공포 이야기를 단편소설로 확장하길 시도했다. 다만 더 멀리 가는 건 불가능하다고 직감했다. 유고작인 『과거의 감각』은 그가 초자연적인 것을 장편소설의 주제로 삼아 다시 실험하고 있었음을 보여 준다. 이 작품을 읽다 보면 그가 자신의 주제에 과도한 부담을 지울 위험이 있다는 느낌이 든다. 벌에 관한

M. 마테를링크의 책(책이 찬미하는 곤충만큼이나 높은 명성을 얻게 된 책)을 읽었을 때 나는 처음엔 형용사와 비유의 개수와 그 선택에 황홀해졌고, 이후엔 숨이 막혔다. 모든 손길은 효과적이었으며 모든 비교는 매력적이었다. 그러나 내가 그 모든 것을 비슷하게 만들어 이상적인 벌을 재구성해 냈을 때, 그것은 날개 달린 코끼리가 되고 말았다. 소설가인 내게 유익한 교훈이었다.

발자크, 톨스토이, 새커리, 조지 엘리엇과 같은 위대한 소설 작가들(끊임없이 그들에게로 돌아간다!)은 전부 주제의 비율에 관한 감각을 지니고 있었고, 위대한 주장을 펼치기 위해선 공간이 필요하다는 것을 알고 있었다. 살라티엘 파비(Salathiel Pavy)의 묘비명을 쓴 벤 존슨의 시보다 더 아름다운 영어 운문은 거의 없다. 그러나 『실낙원』에는 더 많은 공간이 필요하며, 넉넉한 분량으로 쓰였기에 그만큼 위대해졌다고 볼 수 있다. 중요한 건 작업에 돌입할 때부터 자신이 손에 쥔 주제가 살라티엘 파비에 관한 것인지 아니면 『실낙원』에 관한 것인지를 아는 것이다.

흠잡을 데 없는 제인 오스틴만큼이나 이 본능을 정확하게 보여 주는 작가는 없다. 그녀의 인물들은 균형을 잃거나 배경 속에서 덜거덕대는 법이 없다. 규모에 있어 반대쪽 극단에 위치한 톨스토이에 관해서도 똑같이 말할 수 있다. 그의 서사시적 재능, 각 인물과 그들이 통과할 모험의 범위 사이에 적절한 비율을 곧장 설정하는 힘은 그를 결코 실망시킨 적이 없는 듯하다. 『전쟁과 평화』 그리고 플로베르의 『감정 교육』은 가장 긴 현대소설로 꼽힌다. 플로베르 역시 귀중한 규모의 감각을 지니고 있었다. 그러나 그의 가장 열렬한 숭배자들조차 『감정 교육』이 전달력에 비해 너무 길다고 느끼는 순간이 있다. 반면 톨스토이는 『전쟁과 평화』의 첫 페이지에서 주제와 분량 사이의 올바른 관계를 설정한다. 그런데 위대한 소설과 단지 길기만 한 소설 사이에는 또 다른 차이점이 있다. 발자크, 플로베르, 톨스토이 같은 작가들이 쓴 가장 길고 겉으로 보기에는 산만해 보이는 소설 역시 정해진 궤도를 따른다. 삶에서는 일관성 없고 단편적으로 보이는 것들을 완성하기 위한 끝없는 예술적 노력에 충실한

작품들이다. '가장 오래된 천국'에서 할당된 길을 쓸고
닦는 위대한 주제에 관한 감각은 『전쟁과 평화』 그리고
『감정 교육』 같은 소설의 첫 페이지에서부터 드러난다.
다른 긴 소설들이 그저 길기만 하다고 치부되는 까닭은
바로 이러한 본질적인 형식의 결여 때문이다.

　로맹 롤랑 씨의 『장 크리스토프』가 적절한 사례일
수 있다. 처음부터 거대한 작품으로 기획된 각각의
권에서 그는 흥미로운 영혼의 모험 이야기를 이어 간다.
그러나 I권에 암시되는 작품의 규모는 그 분량 이상은
보장하지 못하는 듯하며, 독자는 그보다 긴 분량이
필요한 이유를 전혀 찾지 못한다. 이러한 느낌은 계획이
부족해서가 아니라 보다 섬세한 구성의 감각이 결여되어
있었기에 발생한다. 형식에서 영감을 얻고, 말하고자
하는 바의 중요성에 따라 책의 분량을 가늠하며, 설정에
비례하는 인물을 만들어 내고, 그들이 정해진 길을 갈 수
있도록 확실한 손길로 그려 내는 것에 관한 감각 말이다.

　소설의 분량에 관한 질문은 자연스럽게 결말에
관한 고민으로 이어진다. 그러나 첫 페이지에 잠재되어
있지 않은 결론은 무엇도 옳지 않기에, 결말에 관해선

앞선 내용에 덧붙일 것이 별로 없다. 결말은 소설에서
필연성에 대한 명확한 감각이 필요한 부분이다.
조금이라도 망설이면, 모든 실마리를 모아 내는
데 조금이라도 실패하면 작가는 그 주제를 자신의
마음속에서 충분히 고민하지 못한 셈이다. 자신의
이야기가 언제 끝날지 알지 못한 채 다 끝난 뒤에도
계속해서 에피소드를 이어 가는 소설가는 결말의 효과를
약화시킬 뿐 아니라 지난 모든 내용의 의미까지도
박탈하게 된다.

　그러나 결말의 형식이 불가피하게도 주제에 의해
결정된다면, 그 스타일(이미 정의 내린 이 개념을
쓴 까닭은 서사의 에피소드들이 '작가의 내면에서
확실히 파악되고 채색되었음을 설명하기 위해서다)은
필연적으로 판단의 감각에 달려 있다. 이야기가
진행되는 모든 단계에서 소설가는 각각의 상황의 내적
의미를 드러내고 강조하기 위해 깨달음을 주는 사건이라고
불릴 만한 것에 의존해야 한다. 깨달음을 주는 사건들은
소설에서 마법과도 같은 열린 창문으로, 무한한 전망을
보여 준다. 모든 서사에서 가장 개인적인 요소이자

작가가 가장 직접적으로 드러나는 지점이기도 하다. 그러니 그가 선택한 그 일화들만큼 작가의 상상력의 역량을, 그리하여 그의 기질이 얼마나 풍부한지를 직접적으로 증명하는 것은 없다.

(『잃어버린 환상』에 등장하는) 뤼시앙 드 뤼방프레는 옆방에서 죽어 가는 정부(mistress)의 장례식 비용을 대기 위해 술자리용 노래를 쓴다. 헨리 에스먼드[『헨리 에스먼드 이야기』]는 베아트리스가 은색 시계를 차고 진홍색 스타킹을 신은 채 계단을 내려오는 모습을 바라본다. 스테판 게스트[『플로스 강의 물방앗간』]는 온실에서 그에게 줄 꽃을 따기 위해 들어 올리는 매기 툴리버의 팔을 보자마자 매혹된다. 아라벨라[『이름 없는 주드』]는 주드네 울타리 너머로 돼지 내장을 던진다. 엠마[『엠마』]는 소풍길에 베이츠 양에게 성질을 부린다. 빛나는 이야기의 1장에서 해리 리치먼드[『해리 리치먼드의 모험』]의 아버지가 자정에 도착한다. 이 모든 장면들은 글자로 쓰인 사건을 훨씬 뛰어넘는 빛을 밝혀 준다.

소설이 결말에 이르렀을 때 깨달음을 주는 사건은

그 빛을 앞으로 되쏘기만 하면 된다. 다만 1쪽에서 쏘아
보낸 빛과 만날 수 있도록 멀리 가는 빛이어야 한다.
아르누 부인이 오랜 이별 끝에 프레드릭 모로를 만나러
돌아오는 『감정 교육』의 마지막 문단처럼 말이다.

　　"그는 그녀 자신에 대해, 그리고 그녀의 남편에 대해
끝없이 질문을 던졌다. 그녀는 돈을 아끼고 빚을 갚기
위해 남편과 함께 브르타뉴의 시골구석에 정착했다고
말했다. 거의 항상 병약한 아르누는 노인처럼 보였다고.
그들의 딸은 결혼했고, 아들은 모스타가넴에 있는
식민지 군대에 들어갔다고. 그녀는 고개를 들었다.
'하지만 마침내 당신을 다시 만나게 되었네요! 난
행복해요.' …" 그녀는 그에게 산책을 가자고 요청하고,
그와 함께 파리의 길거리를 배회한다. 그녀는 그가
사랑한 유일한 여자이며, 그는 이제 그 사실을 안다. 그
사이의 세월은 사라졌고, 그들은 계속 걷는다. "서로에게
몰두한 채, 마치 낙엽 깔린 들판을 걷는 듯 아무 소리도
듣지 못하며." 그런 다음 둘은 청년의 방으로 돌아오고,
아르누 부인은 자리에 앉아 모자를 벗는다.

　　"콘솔 위에 놓인 램프가 그녀의 백발을 비추었다.

그 광경에 그의 가슴이 미어졌다." 그는 계속해서 감상적인
척을 하려고 한다. 그러나 "그녀는 시계를 보았고, 그는
계속 왔다 갔다 하며 담배를 피웠다. 둘 다 상대에게
할 말을 찾을 수 없었다. 모든 이별에는 사랑하는 사람이
더는 우리와 함께하지 않는 순간이 찾아온다". 이것이
전부다. 그러나 그전에 지나간 모든 페이지들은 아르누
부인의 비극적인 백발에 환하게 비친다.

　　『황금잔』에서도 같은 음조를 들을 수 있다.
이중으로 깊이 배신당한 매기가 여름날 저녁
폰스의 테라스를 서성이며, 아버지와 남편, 그리고
계모(남편의 정부)가 그녀의 시선을 의식하지 못한 채
브리지(bridge) 놀이를 하는 모습을 흡연실 창문으로
들여다보는 장면이다. 그렇게 바라보면서 그녀는
그들이 그녀의 수중에 있음을, 그리고 전부 (심지어는
아버지조차) 그 사실을 알고 있음을 깨닫는다. 또한
동시에 그들의 모습은 그녀에게 이렇게 다가온다.
"즉각적이고 불가피하며 달래는 태도로 그들을 여기는
것, 그러니까 일반적으로는 순수성이 유린당했거나
관대함이 배신당했을 때 지니게 되는 태도들은 그들을

포기하는 것과 다름없는 일이었으며, 그들을 포기한다는 것은 기막히게도 생각조차 할 수 없는 일이었다."

깨달음을 주는 사건은 소설가가 지닌 상상력의 감수성에 대한 증거일 뿐 아니라 그의 이야기에 현재성과 직접성을 부여하는 가장 좋은 수단이기도 하다. 대화보다는 깨달음을 주는 사건을 적절히 활용했을 때 직접성의 효과가 훨씬 더 크다. 중요한 실마리들이 서로 모이면 모일수록 작가와 독자에게는 설명을 위한 내러티브의 페이지들이 생겨난다. 이를 보여 주는 최고의 사례는 『적과 흑』이다. 레날가의 가정교사인 젊은 쥘리엥 소렐은 아이들의 어머니와 애정 관계를 맺는 게 야망을 이룰 최고의 방법이라고 믿고, 여름날 해질 무렵 정원에 앉아 있을 때 뻔뻔하게 레날 부인의 손을 잡기로 결심한다. 수줍은 행동에 나서기까지 타고난 소심함과 그녀의 우월한 우아함 때문에 그는 오랫동안 애를 먹는다. 반 페이지를 채운 그 분투는 분석과 회고로 한 챕터를 다 쓰는 것보다 그의 우둔함과 비열함에 대해, 그럼에도 그 기저에 있는 소년다운 단순함에 대해 (그리고 그 곁에 놓인 불쌍하고 오만한 여자에 대해서도) 훨씬 더 많은 것을 말해 준다. 인물들이 살아가며 얻는 습관을 이렇게 장악하는 힘은 언제나 소설가가 얼마나 통달했는지를 보여 주는 가장 확실한 증거다.

그러나 깨달음을 주는 사건을 선택하는 일은 매우 중요하긴 하지만 전부는 아니다. 프랑스인들이 말했듯, 방식이 중요하다. 정원 장면에서 스탕달이 보여 준 무심하고 직설적인 서술은 모든 단어, 모든 구절이 의미 있다. 방식에 관한 질문(각 장면에 적용되는 특수한 방식)은 소설가가 결코 방심해선 안 되는 또 다른 지점으로 이어진다. 모든 이야기가 고유한 층위를 지닌다는 말은 그것만의 방식, 전체 의미를 전달하는 데 가장 적합한 스타일을 내포한다는 뜻이다.

몇 권의 책을 출간했으며 주제가 요하는 대로 방식을 다양하게 적용하려 노력한 대부분의 소설가들은 독자들과 평론가들 모두로부터 임무를 부여받기에, 이전 작품들을 속이려 했다며 신뢰하던 대중에게 비난받거나 혹은 작품이 명백히 볼품없어졌다며 동정을 받거나 둘 중 하나다. 어떤 변화든 지적으로 나태한 일반 독자들은 불편해하게 마련이다. 예컨대 스티븐슨이 영국 소설가의 적절한 위상을 박탈당한 것은 소년의 이야기가 낭만적인 소설이나 익살스러운 탐정 이야기처럼 여겨지지 않는다는 이유로 지탄받았기 때문이었다. 즉, 그가 스스로를 소설의 한계에 국한하지 않고 여행기와 비평, 운문에 도전해 너무도 잘 해내는 바람에 사람들은 틀림없이 뭔가 잘못되었다고 여기게 된 것이다.

르네상스 예술가들의 다재다능함을 극찬한 바로 그 비평가들은 동시대 예술가들의 다재다능함은 질책한다. 모든 소설가에게 영역을 지정해 평생 그 안에 가둬 두려는 그들의 열의를 보면 한 영국 대성당 관리인의 일화가 떠오른다. 예배 시간이 아닌데 건물 앞에 무릎을 꿇고 있는 낯선 이를 발견했을 때, 관리인은 그의 어깨를 톡톡 치고는 너그럽게 훈계한다. "죄송합니다만, 이 시간엔 여기서 기도하시면 안 됩니다."

전작들에서 보여 준 것과 똑같은 것만을 보여 주길 바라는 독자의 이러한 습성은 다른 모든 대중의 요구와 마찬가지로 미묘하게 도발적인 영향을 미친다. 이미 할 줄 아는 것, 그랬을 때 칭송받으리라는 것도 알고 있는 것을 계속 하는 일은 젊은 예술가가 받을 수 있는 가장 음험한 유혹 중 하나다. 그러나 많은 이들이 그가 특정한 방식으로 쓰길 바란다는 그 단순한 사실 자체에 대해 그는 불신을 키워야 한다. 특정한 주머니칼이 인기가 많다는 것을 깨닫고, 다음 해에 그 칼의 재고를 구비해 두지 않고선 '너무 많은 사람들이 찾아와 귀찮게 굴어서'라고 말하는 뉴잉글랜드 상점 주인의 정신은 대중성의 유해한 유혹을 일러 준다. 편지의 입장에선 좋은 일이다.

VIII

괴테는 오직 생명의 나무만이 푸르며 모든 이론은 회색이라고 선언했다. "생각에 대해 생각한 적 없다"고 자축하기도 했다. 그러나 생각에 대해 생각한 적이 없을지언정, 그는 예술에 대해선 매우 많은 생각을 했기에, 예술적 실천에 관한 그의 격언은 자칭 철학자들보다 더욱 심오하다.

현재 시도되고 있는 소설이라는 예술은 최근의 것으로, 초창기 예술은 창작자들에 의해 이론화되는 경우가 거의 없다. 그러나 그 형상이 만들어지고 나면 창작자들은, 최소한 창작하면서 생각할 줄 아는 이들은 필연적으로 스스로에게 질문을 던지기 시작한다. 어떤 이들은 괴테처럼 답을 도출할 만한 재능이 없을 수도 있다. 심지어는 스스로에게조차 답할 수 없을지도 모른다. 그러나 이 답은 구성이 더욱 견고해지고 표현이 보다 적절해지면서 결국엔 찾게 될 것이다. 어떤 작가들은 의식적으로 규칙을 정하기도 하는데, 새로운 형식과 더 복잡한 효과를 찾는 데 혈안이 되어 스스로 정립한 무척이나 매력적인 이론의 노예가 될 수도 있다. 이들은 결코 자신의 작품에서 성취를 누릴 운명은 아닌, 그러나 다음 세대가 깃들어 살 수 있는 지성의 집을 짓는 진정한 개척자들이다.

헨리 제임스는 이 소수에 속한다. 소설의 건축에 점점 더 몰두하면서 그는 자신의 더없이 새로운 구성의 복잡성을 위해 무의식적으로 다른 모든 것을 경시하게 되었으며, 그래서 그의 마지막 작품들은 당대의 생생한 창조물이라기보다는 미래에 탄생할 걸작을 위한 성대한 프로젝트가 되었다. 이렇게 표현하면 자칫 예술의 이론화에 반대하는 주장을 강화하는 것처럼 보일 수 있다. 그러나 어느 세대에나 제임스는 드물고 괴테는 더 귀하며, 인류 전체에 완벽을 기하라고 요구하는 건 더욱이 위험한 일이다. 대부분의 소설가들에게 예술의 범위와 한계에 관한 고민은 재능을 없애기보다는 자신들이 지닌 수단에 더 큰 확실한 주도권을 선사해 자극을 줄 테고, 아마도 유일하게 가치 있는 보상은 작업의 질에 있음을 보여 줌으로써 대중적 인정에 대한 열망을 누그러뜨릴 것이다.

소설 쓰기에 있어 앞서 언급한 고려 사항들은 누군가에겐 딱딱하고 독단적으로 보일 수 있을 테고, 누군가에겐 불필요하게 복잡해 보일 것이다. 어떤 이들은 이해할 수 있는 잠정적 이론을 찾는 과정에서 문제의 핵심을 놓쳤다고 느낄 수도 있다. 분명 이러한 반대 주장들은 어느 정도 맞는 말이다. 주제가 훨씬 더 온전히, 또 적절하게 다루어진 경우에조차 반대 의견은 있게 마련이다. 그러한 질문을 던지는 과정에선 문제의 핵심이 언제나 빠져나가는 것처럼 보일 것이다. 그물을 치려고 마음먹자마자 날갯짓 소리가 들려올 테고, 핵심이란 존재는 생명의 나무 맨 꼭대기 가지에 앉아 우릴 내려다보며 비웃을 테다!

그렇다면 모든 노력이 다 헛된 것인가? 예술의 의미와 방법에 대해 명확한 관점을 가지려고 애써 봤자 소용없는 것인가? 전혀 그렇지 않다. 어떤 예술도 그것으로부터 도출된 규칙에 갇히지 않는다고 할 때, 그 예술을 수행하는 이들이 방법을 찾고 과정을 추론하려 시도하지 않는 한 예술은 온전히 실현될 수 없다. 문제의 핵심이 언제나 빠져나간다는 건 사실이다. 찾아내기도 힘든 밝은 날개를 지닌 채, 예술가의 가장 내밀한 안식처이자 탐구가 중단될 수밖에 없는 문턱이 자리한 신비로운 4차원의 세계에 둥지를 틀기 때문이다. 그러나 그 세계에 다가갈 수 없다고 하더라도 그 세계에서 비롯되는 창작물은 그 법칙과 과정 안에서 무언가를 드러내기 마련이다.

여기서 또 하나의 괄호를 열어 한 번 더 짚고 넘어가자면, 예술가가 구축한 창작의 세계는 우리에게

닿아 우리가 알고 있는 삶과 유사한 여정으로 이끌어
주지만, 작가의 의식 속에서 그 본질, 그 핵심은 다른
데 있다. 모든 무가치한 소설과 비효율적인 비평은
이 사실을 망각한 데서 비롯된다. 예술가에게 자신의
세계는 경험의 세계만큼이나 견고하게 실재하고,
심지어는 더 진짜 같겠지만, 어떤 면에서는
완전히 다르다. 어떤 노력도 들이지 않고 들락날락할
수 있으면서, 오가는 동안 누구에게도 방해받지 않는
세계이기 때문이다. 이 세계에선 그의 상상 속 존재들이
태어나고 또 나타나며, 작가 자신보다 훨씬 형형히
살아 숨 쉬지만, 한편으로 독자들이 단순화할 것을
알기에 작가는 인물들을 결코 살아 있다고 생각하지
않는다. 자신에겐 상상의 산물이지만 독자에겐 진짜로
여겨지게끔 하는 그 이중성을 유지하지 못한다면,
작가는 자신이 만든 인물들의 주인이 아니라 노예로
전락하고 말 것이다. 여기서 주인이라는 표현을 쓴 것은
인물들이 작가의 꼭두각시로 그의 실에 매달려 있다는
의미에서가 아니다. 일단 작가의 상상에 투영되면
그들은 자신들만의 삶을 사는 살아 있는 존재들이다.

다만 그들의 세계는 창조주가 의식적으로 부여한 세계인 것이다. 작가가 이러한 객관성을 확보해야만 인물들은 예술 안에 살 수 있다. 어린 넬[『오래된 골동품 상점』]의 죽음에 눈물 흘리는 디킨스의 이야기에 나는 한 번도 깊이 감동받은 적 없다. 즉, 그 눈물은 진짜 물리적인 눈물이 아니라 낙원의 우유를 짜낸 것이다. 예술가의 일은 우는 것이 아니라 울게 하는 것이며, 웃는 것이 아니라 웃게 하는 것이다. 눈물과 웃음, 그리고 살과 피가 작가에 의해 작품 속 실체로 변화되지 않는 한, 그것은 작가의 목적에 도달하지 못하며, 독자인 우리에게도 마찬가지다.

다만, 마지막으로 덧붙일 말은, 이것이 전부가 아니라는 점이다. 이 마법의 세계가 열려 있지 않은 작가는 예술의 가장자리를 건드리지도 못한 셈이며, 그 세계와 친숙한 이들은 표현의 힘을 타고난 것처럼 보인다. 그러나 그렇지 않다. 4차원 세계의 존재들은 인간만큼이나 무력하게 태어난다. 공상에서 실제 작업으로 이행해 가는 순간마다 예술가는 그 문턱에서 규칙들과 공식들을 찾아야 한다.

4장

소설 속 인물과 상황

아무리 어렵고 부적절하더라도 정의 내리는 일은
필수적인 '비판의 도구'다. 그러므로 우선, 우리는
상황소설과 인물 및 관습소설을 구별할 것이다. 전자의
경우 작가가 상상하는 인물들은 거의 언제나 상황에
대한 시각으로부터 생겨나고 창조주의 재능이 무엇이든
필연적으로 그 상황에 의해 조건지어진다. 반면 좀 더
자유로운 형식을 취하는 인물 및 관습소설(혹은 둘 중
하나)에선 작가의 인물들이 먼저 태어나고, 신비롭게도
스스로의 운명을 만들어 간다. 적어도 이 대략적인

구분이 이제부터 서술할, 주제를 제시하는 두 가지
방법을 변별해 주는 역할을 할 것임을 이해해야 한다.

영어로 쓰인 위대한 소설들 가운데 순수한
상황소설, 즉, 상황 자체로 기억되는 작품의 예시를
찾기란 쉽지 않다. 아마도 『주홍 글자』 정도가 명백한
예시 중 하나일 테다. 『테스』도 언급하고 싶을 수
있겠는데, 그 작품은 인물에 대한 탐구가 드라마와
너무도 긴밀하게 얽혀 있어 (모든 명백한 결점들에도
불구하고) 분류를 넘어서는 최고의 소설 반열에 오른다.
테스의 비극을 기억하는 독자는 테스라는 인물을 더욱
생생하게 기억할 것이다.

대륙 문학에서는 곧장 여러 책들이 상황소설로
이름을 올린다. 가장 초기작이자 가장 유명한 작품 중
하나는 괴테의 『친화력』으로, 작가가 꼭두각시 줄을
잘 끊어 내지 못한 인물들이 여럿 등장하는 위대하고
비참한 드라마다. 독특한 불행을 성숙시키고 다듬으려는
열의 탓에 작가가 림보에서 꺼내 주는 걸 잊어버리고 만
모호한 이니셜의 인물들을 대체 누가 기억하겠는가?

톨스토이의 『크로이체르 소나타』 역시 상황의

힘에 의해서만 진행되는 작품인데, 물론 보편적인
열정에 관한 심오한 분석이 들어 있다. 『크로이체르
소나타』에 누가 등장했는지, 그들이 어떻게 생겼는지,
어떤 집에 살았는지를 기억하는 사람은 아무도 없다.
다만 막연하고 개성 없는 남편의 모습에서 인간적인
지독한 질투가 고스란히 드러날 뿐. 남편이라는
꼭두각시 인형은 오직 맹렬한 열정을 보여 줄 때에만
생동감을 얻는다. 상황소설에서 끈질기고 예리한 인물
연구를 통해 제목을 듣자마자 주인공들과 그들의 고난이
함께 기억되도록 한 작가는 아마 발자크가 유일할
것이다(『세자르 비로토』나 「투르의 사제」 같은 작품을
들 수 있다). 그러나 이렇게 범주를 융합한 것은 소수의
특권이다. 모든 종류의 소설을 쓰는 법을 알고, 매번
당면한 주제에 가장 적합한 방식을 택할 수 있었던 이들
말이다.

특히 인물에 관한 소설 중 상황이 극적으로
보일지언정 최소한으로 나타나는 작품은 훨씬 더
찾기 쉽다. 제인 오스틴은 바로 이 유형의 기준 혹은
이상(ideal)을 보여 주었다. 그녀의 이야기에서 독자는

때때로 인물들의 결점들과 특이함, 그들의 일상 속
소소한 집착과 즐거움들을 끝없이 상기하게 되어
그들에게 무슨 일이 벌어지는지는 잊어버리기도 한다.
인물들은 '말하는' 초상화들로, 탁월한 초상화 속 인물이
그러하듯 보는 사람을 기이하리만큼 생생한 눈으로
바라본다. 스탕달, 새커리, 그리고 발자크의 소설 속
열정적이고 무질서한 인물들이 독자를 비극의 소용돌이
속으로 끌어들이는 것과는 대조적이다. 그렇다고 해서
제인 오스틴의 인물들이 예정된 궤도를 따르지 않는 건
아니다. 그들은 실제 사람들처럼 변화해 가지만, 너무도
부드럽고 소리 없이 이루어지는 움직임이라 그들의
역사가 전개되는 흐름을 따라가는 건 계절의 흐름을
지켜보는 것만큼이나 고요하게 이루어지는 것이다.
자신의 힘을 감각한 만큼 한계도 인식했을 것이기에
그녀는 무의식적이든 아니든 이 소소한 사람들을 거대한
행동으로 몰아넣는 대신, 태양이 과일을 무르익게 하듯
눈에 띄지 않게 초상화를 완성할 수 있는 조용한 배경을
택했다. 『엠마』는 아마도 인물이 사건을 고요하지만
저항할 수 없는 방식으로, 마치 시냇물이 둑을 조금씩

갈아 내듯 빚어낸 영국 소설의 가장 완벽한 예시일
것이다.

『엠마』와 같은 유형으로 나란히 놓을 수 있는
작품으로는 매우 다른 작가의 걸작이 있다. 바로
메러디스의 『에고이스트』다. 오스틴의 섬세한 과정과는
너무도 달라서 비교하기 망설여지긴 하지만, 이
책에서는 터무니없는 행동 때문에 종종 통찰력이 있다는
사실을 잊게 만드는 탁월한 소설가가 독자를 피곤하게
하는 어리석은 행동들을 많이 떨쳐 내고 실제 인간에
관한 풍부하고도 신중한 탐구를 보여 준다. 그러나
그는 제인 오스틴만큼 성공적이진 않다. 그의 인물
윌러비 패턴은 개성을 지녔다고 보기엔 전형적인 데
비해, 『엠마』의 모든 인물은 개인이면서 전형적이며 그
비율 역시 언제나 완벽하게 균형을 이룬다. 그럼에도
두 책 모두 순수한 인물 묘사에 있어 탁월한 성취를
이룬 작품으로, 이에 걸맞은 탐구와 정교한 분석에
필적하려면 대륙의 가장 위대한 소설가들을 살펴봐야
할 것이다. 다시금 발자크(언제나 그렇듯), 스탕달,
플로베르, 도스토옙스키, 투르게네프, 프루스트 그리고

아주 가끔씩 발견되는 트롤럽의 최고작들 말이다.

그런데 대륙의 소설가들, 예컨대 톨스토이, 발자크, 플로베르의 소설에서 (몇몇 예외적인 경우를 제외하고) 인물 묘사는 관습 연구와 불가분의 관계로 결합되어 있다. 『루진』에서 투르게네프는 단일한 인물의 묘사로 구축된 소설의 꽤나 드문 예를 보여 주었다. 그 반대편에 놓인 새뮤얼 버틀러의 『만인의 길』은 탁월한 인물 묘사 덕에 가족과 사회 집단의 초상화를 그려 냈는데, 우리가 발견할 수 있는 가장 독특한 '관습'소설 중 하나다.

이러한 서두의 제안들은 피상적이긴 해도, 단순히 정의 내리는 것보다는 인물 혹은 상황에 더 무게중심을 두는 다양한 소설의 유형을 유념하는 데 도움이 될 수 있다.

II

영어권 작가들이 쓴 소설은 그 품격이 높아짐에 따라 인물과 관습을 그리는 쪽으로 바뀌어 왔다. 아무리

극적인 일화와 조합되거나 막연하게 플롯으로 알려진
것에 얽혀 있다 하더라도 말이다. 전통적인 의미에서
플롯은 사건의 충돌, 혹은 덜 알려져 있기로는 인물의
충돌에 있다. 그러나 플롯은 자의적으로 도입되거나
다소 느슨하게 만들어진 틀이었고, 그 안에서 관련
인물들은 독특한 개성을 키워 자기 자신이 될 수 있었다.
플롯의 꼭두각시가 되는 결정적인 순간들을 제외하고선
말이다.

　　진정한 상황소설, 즉 보다 압축적이고 무엇보다도
더욱 불가피한 사건을 담은 작품은, 최소한
영어권에서는 외부 사건들이 뒤얽히는 의미에서의
기존 '플롯' 개념이 진짜 드라마는 영혼의 드라마라는
발견으로 변화하고 나서야 형태를 갖추었다. 실제로
상황소설은 영어권에선 한 번도 통용된 적 없다. 반면
프랑스에선 17~18세기 심리소설로부터 자연스럽게
이행한 것으로 보인다. 인물들의 갈등은 도입부부터
인물 자체의 묘사를 단순화하는 경향이 있었고, 주인공은
특정 개인이 아닌 특수한 열정의 소유자로 탈바꿈하곤
했다.

영국 소설가들은 이러한 위험으로부터 비교적 안전했다. 개성에 대한 지칠 줄 모르는 호기심과 그 여정에서 서성이는 것을 좋아하는 경향 덕분이었다. 스콧, 새커리, 디킨스, 조지 엘리엇, 그리고 그 후계자들의 플롯은 매우 자의적으로 인물소설에 부여되었기에 마음껏 떼어 내 이해할 수 있다. 이러한 경향성은 느슨한 지지 속에서 점진적으로 발전해 갔고, 19세기에 들어서면 전형적인 영국 소설의 형식을 이루게 된다.

상황소설은 또 다른 문제다. 이 유형에서 상황은 외부에서 부과되는 게 아니라 이야기의 요체이자 유일한 존재의 이유다. 상황은 강철 같은 손으로 인물들을 붙들어 오직 천재만이 이길 수 있을 만큼 가차 없는 태도로 쥐고 흔든다. 이 유형의 소설에서 특징적인 것은 중심인물들이 가장 비현실적으로 그려진다는 점이다. 이러한 인물들, 즉 현실성보다는 숭고함을 위해 존재하는 옛 '영웅'과 '여주인공'의 살아남은 후계자들은 작가가 인식하지 못할지라도 작가적 신념의 기수이거나 작가의 은밀한 성향이 표현된 결과라는 점에선

부분적으로 납득할 수 있다. 주어진 상황에서 그가
뭐라고 말할지, 그가 어떻게 생각할지를 보여 주는
경향이 있다는 점에서 그의 것이다. 작가의 성격을
투영한 것에 불과한 중심인물들은 주변인물들에 비해
실체도, 안정감도 없다. 작가는 오히려 주변인물들은
냉정하고 객관적으로, 인간적 약점과 모순을 지닌
존재로 바라본다. 소설 속 '영웅'과 '여주인공'들의
비현실성에 비해선 잘 알려지진 않았으나 특히
상황소설의 중심인물에 적용될 만한 또 다른 이유가
있다. 바로 이야기가 그들에 관한 것이며, 그래서
그들은 상황이 부과하는 대로 빚어진다는 것. 반면
주변인물들은 이야기의 틈새에서 수월하게 움직이며
인간답게, 비논리적으로 자유로이 살아가면서 작가와
독자들 모두에게 생생하게 남아 있다.

　　이 부분은 모든 소설에 적용되지만 상황소설에서
가장 명시적으로 드러난다. 인물들이 라오콘†으로

---

† 트로이의 아폴로 신전 사제로, 그리스군의 목마 계략을
　알아차렸기에 두 아들과 함께 아테나 여신이 보낸 바다뱀 두
　마리에 감겨 죽는 인물.

변신하고 모험의 부자비한 고리에 얽혀 죽는 작품들 말이다. 이것이 상황소설과 인물소설 사이의 극단적인 차이점이자, 상황소설을 대안적 형식으로 간주하는 널리 퍼진 관습의 원인이다.

III

소설 리뷰의 싸구려 공식들을 버리고 예술의 의미와 한계에 관한 보다 명확하고 깊은 표현을 찾고자 하는 사려 깊은 비평가라면, 상황소설과 인물(또는 관습)소설을 필연적으로 대립적이고 상호 배타적인 것으로 말로만 그럴듯하게 정의 내리는 데 분개할 것이다. 그 사려 깊은 비평가가 옳을 것이며, 사려 깊은 소설가는 그와 견해를 같이할 것이다. 거의 모든 다양하고 풍부한 위대한 소설들이 두 유형의 소설을 하나의 걸작으로 결합해 낼 수 있는 빛나는 가능성을 보여 주는데, 그러한 자의적인 구분이, 하나를 다른 하나에 대립시키는 게 무슨 의미가 있는가?

예를 들어 『안나 카레니나』는 어떤 범주에 들어가야 하는가? 의심할 여지 없이 인물·관습소설이다. 그러나 만약 그 이야기를 속도와 맹렬함으로 판단한다면, 뒤마 피스는 신랄하고 극적인 '상황에 관한' 무대를 위해 대체 어떤 상황을 고안했단 말인가? 러시아 사회의 광활한 현장을 폭넓게 드러내면서도 또렷이 흘러가는 이야기를 지었던 톨스토이의 절반도 채 미치지 못할 것이다. 관습소설이자 인물소설인 『허영의 시장』을 다시금 언급하자면, 풍성하고 다채로운 인물로 가득한 페이지들 중에서도 베키와 로든, 그리고 스타인 백작 사이의 상황은 얼마나 극적인 강렬함을 보여 주는가! 여기저기 흩어진 의미를 그 한 장면 안에 얼마나 충만히 담아내는가!

답은 명확하다. 창작 능력이 어느 정도 이상이 되면 서로 상충되는 듯 보이는 다양한 방법들이 작가의 종합적인 시야 안에서 한데 모이고, 주제에 내재한 상황들은 전체적인 구성을 방해하지 않으면서도 가장 완전한 배경 안에서 도드라지게 되는 것이다.

그러나 이것이 사실일지라도, 매튜 아놀드가

셰익스피어를 두고 했던 말처럼, 우리의 질문을
따르는 게 아니라 다만 자유로이 쓴 가장 위대한
소설가들에게만 해당된다. 그들의 드넓은
시야는 그만큼이나 대단한 구성력의 힘과 결합되어
있다. 하지만 많은 소설가들은 창조적인 시야를
가졌으나 구성력과 표현력은 부족하거나, 혹은 한 작품
내에서 인물을 빚어 가고 상황을 충돌시키는 데 동등한
힘을 쏟을 능력이 없다. 언제나 모든 분류를 넘어서는
최고의 도구를 지니지 못했기에, 대부분의 소설 작품은
상황소설이나 인물소설 둘 중 하나로 분류될 수밖에
없으며, 그로써 소설 세계는 갈등 상황 혹은 인물로
제시되어야 한다는 피상적인 비평가들의 이론을
강화하게 된다.

소위 인물소설은 물론 그렇게 강력한 손길로
빚어지지 않았다 해도 극적인 충돌이라는 의미에선
상황을 빠뜨리지 않는다. 그러나 소설가는 연속되는
일화를 통해 자신의 이야기를 전개하며, 어떤 식으로든
관습과 인물을 묘사해 상황이 결국엔 발생하도록
만든다. 그는 머뭇거리며, 샛길을 두려워하지 않고, 주변

배경으로 자신의 장면을 더욱 풍성하게 만든다. 마치 중세 세밀화가가 아름다운 장식품과 섬세한 소품들로 중심 소재를 돋보이게 하듯이. 반면 상황소설은 그 정의상 특정한 인간적 양심으로 해결해야 할 문제를 던지거나, 상충하는 의견 간의 충돌이 소설가의 (유일하진 않아도) 가장 중요한 주제로 부각되며, 주제를 직접적으로 부각하지 않는 모든 것은 주제와 무관하므로 제외된다. 그렇다고 해서 이 유형의 이야기에서 (가령 『테스』에서처럼) 일화나 색채를 더하거나, 그리고 인물 자체를 그려선 안 된다는 의미는 아니다. 상황소설을 쓰는 현대 작가는 『아돌프의 사랑』이나 『클레브 공작부인』과 같은 흑백조의 작품으로 회귀할 것 같지는 않다. 그는 모든 색상 조각들, 주제가 자아내는 모든 생생한 부산물을 활용한다. 다만 계획의 일부가 아닌 것은 아무리 장식적으로 화려하더라도 한 번의 덧칠조차 행하지 않는다.

이렇게 두 방법이 대조적이라면, 인물·관습소설이 좀 더 풍부하고 다채로우며 명암을 자유로이 드러낸다는 점에서 우월하다고 여겨질 수도 있다. 그렇다고 이

유형이 반드시 더 큰 총체적 효과를 낼 수 있는 것은
아니다. 그러나 지금까지 가장 위대한 소설들은 의심할
여지 없이 단순한 상황보다는 인물과 관습을 다루어
왔다. 소설이 연극적 표현 양식에서 멀어질수록
자유로운 예술이라는 목적에 더 가까워진다는 추론은
부정하기 어렵다. 무대만으로는 결코 완전히 충족되지
않는, 더욱 섬세한 상상력이 요구되기 때문이다.

소설가가 어떤 상황에 사로잡혀 인물들이 그 절정에
빠르게 다다르도록 만든다면, 그는 독자가 그들을 실제
인간들로 인식할 수 있을 만큼 충분히 오랫동안 윤곽을
고치고 그 여정 내내 붙들어 놓을 수 있는 비범한 시력과
확실한 솜씨를 지니고 있어야 한다. 전형적인(pure)
상황소설 중 『잘못된 상자』만큼 이 솜씨가 예술적으로
드러난 작품은 없을 것이다. 이 작품에서 스티븐슨은
끝까지 현실성과 개성을 유지하는 생생하고 개별적인
진짜 사람들을 통해 폭소가 터져 나오는 희극을 만들어
냈다. 이 책은 눈물 날 정도로 웃기기에 독자들은 미묘한
인물 묘사를 제대로 보지 못할 수 있다. 그러나
『질 블라스 이야기』에 나오는 사람들과 뒤마의 시리즈

중 『몽소로 부인』을 이끄는 치코와 고랑플로(Gorenflot)
같은 인상적인 인물을 제외하면, 행동이 주가 되는
소설에서 빛나는 익살극 무대를 흥겹게 뛰노는 이들만큼
생생하고도 개성적인 인물을 찾기는 어려울 것이다.

상황은 워낙 소설가의 상상력을 휘어잡고, 음계
위에 그것만의 템포를 부여하려 하기에 오직 그 상황의
풍부함과 견고함에 의해서만 제어될 수 있다. 작가는
이랬다 저랬다 하지 않는(unalterable) 규칙의 행진 속에,
인간의 욕망, 야심, 잔인함, 나약함 그리고 숭고함이라는
모든 모순을 다룰 수 있을 만큼 넓은 시야를 지녀야
한다. 무엇보다도 그는 각 단계에서 자신의 임무가
상황을 먼저 설정한 후 인물이 어떻게 될지를 묻는
게 아니라, 그 인물이 어떻게 상황을 만들지를 묻는
것임을 명심해야 한다. 진실의 소리굽쇠인 이 질문은
소설의 절정 장면을 그리는 대화를 쓸 때에 가장
끈질기게 던져야 한다. 인물이 자연스럽지 않고 상황에
따라 요구된 대로 이야기할 때, 드라마를 더욱 빠르게
해명하는 데 쓰이고 있다는 게 확실할 때, 자신들이 처한
곤경 때문에 힘겨워 쉽사리 입에 올릴 수 없는 무언가를

말하고 있다는 걸 듣게 될 때, 작가의 효과는 현실성을 희생해 발생한 셈이며, 그는 손 안에 쥔 것들이 톱밥으로 변하는 모습을 바라보게 될 것이다.

이 위험성을 의식하고 있으나 그에 대처하는 데 충분히 숙련되지는 않은 일부 소설가들은 중요한 대화 사이에 맥락과 상관없는 잡담을 끼워 넣음으로써 현실감을 강화해 보겠다는 희망을 품었다. 그러나 그렇게 하면 발자크가 말했듯 "이 세계에선 실제이지만 예술에선 그렇지 않은" 함정에 다시금 빠지게 된다. 이야기 안에 흘러가는 열정과 감정의 느슨한 가닥을 모으는 것이 대화의 목적이다. 그러니 날씨나 마을 펌프에 관한 두서없는 수다로 이 실타래를 엮어 보려는 시도는 화자가 선택이라는 필수적인 작업을 어떻게 하는지 모른다는 사실을 증명할 뿐이다. 소설가의 모든 작업은 그러한 시험을 통과하며 만들어진다. 그의 인물들은 현실에서 그럴 법하게 말해야 하며, 그러면서도 이야기와 무관한 것은 무엇이든 삭제되어야 한다. 작품의 성공은 그 선택의 본능에 달려 있는 것이다.

이러한 어려움은 상황소설을 열등하거나 가치
없는 예술 형식이라고 비난할 이유가 되지는 않는다.
더 넓은 형식인 인물·관습소설보다 못한 것은 규모뿐일
것이다. 또 상황소설 역시 창조적인 마음의 자연스러운
발현이기에 당연히 가치 있다. 독창적인 능력을 지닌
소설가들이 하고자 하는 이야기에 대해 먼저 형식을
제시하고 그 다음에야 내용을 제시하는 한, 상황소설은
그 목적을 달성할 수 있다. 그러나 형식의 위험에 관해
경고를 받아야 할 것은 바로 이러한 마음가짐이다.
문제에 연루된 인물들을 보기도 전에 문제 자체가
먼저 보인다면, 소설가는 더욱 신중하게 그 문제를
다루어야 하며, 그 특정한 곤궁에 자연스럽게 빠질 만한
인물들이 절로 나타날 때까지 마음속에 가만히 품고
있어야 한다. 소설가가 영원히 고민할 문제는 인물들을
전형적이면서도 개별적으로, 보편적이면서도 특수하게
만드는 것이다. 상황소설의 형식을 택하게 되면 그는
조화롭게 균형을 이룬 자질을 어그러뜨릴 위험을 끝없이
감수하게 된다. 인물들을 최우선으로 여기고 곤경은
그저 그들이 그들이기에 맞닥뜨린 결과로 여기지 않는

한 말이다.

소설가가 이 임무를 다른 방식으로 접근할 경우, 즉
자신의 이야기에서 상황이 인물을 드러내는 것(그
반대가 아니라)으로 여기는 경우에도 곤경, 즉 상황은
유념해야 한다.

인물·관습소설 역시 상황 없이는, 그러니까
이야기에 관여하는 힘의 충돌로 인한 일종의 절정
없이는 존재할 수 없다. 갈등이란, 그 힘의 충격이란
인간 경험의 단면을 떼어 내 그것을 완성된 예술로 바꿔
보려는 모든 시도에 잠재되어 있다.

얼핏 보면 (80년대의 '삶의 단면'을 다시 이름 붙인
것에 지나지 않는) '의식의 흐름' 기법으로 되돌아가는
것이 대안처럼 보인다. 그러나 이미 지적한 대로 그
방법은 나름의 비난받을 구석이 있다. 이를 적용하려는
모든 시도는 당연히 선택을 요하고, 장기적 관점에서 볼

때 선택은 결국 주제로의 전치, 즉 '양식화'로 나아가야 하므로.

그렇다면 곤경은 반드시 있어야 한다고 가정해 보자. 한 사람의 내면에서 발생하든, 아니면 서로 대립되는 목표의 충돌에서 발생하든 말이다. 소설의 캔버스가 클수록 (소설가의 힘이 주제와 비례한다고 가정하면) 곤경의 규모도 더 커질 것이다. 위대한 관습소설을 쓴 발자크, 새커리, 그리고 톨스토이의 작품에서 갈등은 개인들뿐만 아니라 사회 집단들과 연관되며, 개인의 곤경은 대개의 경우 사회적 갈등의 산물(많은 산물 중 하나)로 나타난다. 그 작품들에선 상황이 핵심이 된다. 또 『귀향』 같은 절절한 비극이나 『전쟁과 평화』 같은 장대한 격돌, 혹은 짙은 사회적 혼란을 그려 낸 『허영의 시장』에서만큼이나 『외제니 그랑데』나 『골짜기의 백합』 같은 작품의 고요한 장면들에서도 상황은 확실히 드러난다.

그러나 주제가 인물(개인적이든 사회적이든)을 통해 처음 드러나는 작품을 쓰는 소설가의 가장 큰 장점은 자신의 인물들 혹은 집단이 일상을 살아

나가는 모습을 조용히 지켜볼 수 있으며, 아직 그들을 사적으로든 집단적으로든 제대로 모르는 상태에서 상황에 끼워 맞추는 대신 이야기가 자체적으로 뻗어 가도록 놓아둘 수 있다는 점이다. 인물들 각각의 특이성과 유머, 그리고 편견과 더불어 말이다.

소설의 모든 방법론에는 나름의 위험이 있으니, 인물 연구도 지나치게 추구하면 그 인물을 설명하는 데 필요한 행동이 잠식될 수 있다는 사실은 명백하다. 임의적 개념인 '플롯'을 거부하려는 당연한 반응으로 보건대, 많은 소설가들은 다른 방향으로 너무 멀리 나아갔다. 그래서 스스로를 지루한 '의식의 흐름'에 빠뜨리거나 (이 또한 빈번한 오류인데) 이야기가 소소한 삶을 다루는 경우 사소한 상황을 지나치게 중요하게 그리게 된다. 예술로 다뤄진 건 그 어느 것도 사소하지 않다는 말은 일리가 있다. 그러나 그 경지에 오르려면 사건은 그 자체로는 중요하지 않을지라도 반드시 어떤 일반 법칙을 드러내고, 영혼을 깊이 움직일 수 있어야 한다. 작품을 어딘가에 내걸고 싶은 소설가라면, 적어도 리어왕의 드라마 중 하나를 써야 하는 것이다.

어떤 분야든 예술 작품에는 모든 것이 한데 엮여 있으므로, 소설이라는 예술에서 인물과 관습, 그리고 그로부터 솟아나는 절정의 장면들을 개별적으로 다루면 주제는 약화될 수밖에 없다. 이 모든 재료를 적절한 비율로 엮어 내는 것은 소설가의 재능에 달려 있다. 그렇게 되어야만 인물을 1순위로 둔 『엠마』나 『에고이스트』를, 드라마가 섞인 『고리오 영감』이나 『마담 보바리』를, 그리고 모든 관점과 방법이 조화를 이루어 개인과 집단, 사회적 배경이 작품의 구성 안에서 완벽하게 할당된 몫을 지니는 『전쟁과 평화』, 『허영의 시장』, 『감정 교육』 같은 위대한 작품을 얻을 수 있을 것이다.

새 예루살렘에 있는 네 개의 거대한 장벽
천사의 갈대가 양쪽에서 자라나 만나며†

---

† 영국의 시인이자 극작가인 로버트 브라우닝의 시 「안드레아 델 사르토」(Andrea del Sarto)의 구절.

그렇다. 그러나 각각의 공간이 적절히 채워지는
일은 가장 위대한 예술가들에게조차 작업 평생 단 한두
번만 일어나게 마련이다.

5장

마르셀 프루스트에 대하여

I

『잃어버린 시간을 찾아서』의 권수가 늘어나면서,
그리고 I권이 출간된 때로부터 시간이 지남에 따라
마르셀 프루스트에 관해 적절하게 말한다는 것은 점점
더 어려워지고 있다. 더욱이 작품은 아직 완결되지
않았다(이제 우리는 결론이 나타날 것임을 알고 있지만).
그러니 이미 출판된 작품의 밀도 높고 여러 갈래로
뻗어 나가는 페이지들에서 명확한 의도를 보고자 하는
비평가는 스스로 위험을 자초하는 셈이다. 횡설수설하며
화려한 『질 블라스 이야기』부터 간결하고 살뜰한

『엠마』에 이르기까지, 그 비평가는 모든 위대한 소설이 시작부터 전달하는 내적 연속성을 향한 믿음을 지니고 있을 것이 분명하다.

마르셀 프루스트의 죽음은 물론 너무 일렀지만, 그는 죽어 가는 손으로도 방대한 이야기의 마지막 페이지에 마지막 문장을 쓰고 세상을 떠났다. 마지막 문장이긴 했으나 불행하게도 마지막 손길은 아니었다. 『갇힌 여인』이 발견됨으로써, 그가 죽는 순간까지 출간되지 않았던 책들에는 황금빛으로 무르익은 다른 작품들이 지닌 무수한 풍성함의 손길이 없다는 소문이 사실로 드러났다. 그러나 투병 중에 쓰인, 그리고 신체적 허약함과 깊은 정신적 고통에 흐려진(『갇힌 여인』을 읽은 누군가가 그렇게 느끼듯이) 이 마지막 장이 섬세한 직물의 모든 가닥이 향하는 통일성의 약속을 지키는지 여부와는 무관하게, 첫 번째 권(작가의 위대함은 아마 결국 여기서 판가름 날 텐데)에선 그 자신이 통일성의 필요를 느꼈다는 사실이 분명히 드러난다. 병이 그의 힘을 흩뜨리지 않았더라면 그의 잠들지 않는 천재성은 그 필요에 복무했을 것이다. 비평가는 이 추론을 명심해야 할 것이다. 그렇게 한다면 우리 앞에 놓인 파편을 이미 잠재적으로는 전체로서 바라보는 것이 가능해질 것이다.

비평가들에게 더 심각한 방해물은 『스완네 집 쪽으로』가 눈이 번쩍 뜨이게 만드는 여정을 시작한 뒤로 오랜 시간이 흘렀다는 사실 때문에 발생한다. 그 이후 지난 반세기 동안 형태를 갖추어 온 소설이라는 예술의 개념은 일련의 실험에 의해 불확실해졌는데, 각각의 실험이 지나치게 빠르게 소설 쓰기의 궁극적이고도 유일한 방법인 것처럼 선포되었기 때문이다. 연이은 최후통첩을 내린 비평가들은 더 이상 어떤 관심도, 심지어는 고고학적인 관심조차도 선지자들의 기준과 개념에 연관되지 않는다고 결정한 듯하다. 과거의 원칙들에 대한 이러한 전면적인 거부는 개념에 혼란을 초래해 교류를 어렵게 할 뿐 아니라 결론을 모호하게 만들고 말았다.

모순적인 소란으로 인한 예상치 못한 결과로, 10년 혹은 12년 전에는 많은 이들에게 거의 이해할 수 없을 혁신가로 여겨졌던 프루스트는 이제 고전 전통의 위대한 계보에서 정당한 위치에 오르게 되었다. 따라서 그의 작품에 대한 판단을 내리려는 시도는 두 배로 어려워진 동시에 그만큼 흥미로워졌다. 프루스트는 거의 유일무이한 작가로서 여전히 혁신가(innovator)들에 의해 위대한 작가로 칭송받고 있으나, 이미 예술의 세계에선 훨씬 더 중요한 존재인 쇄신가(renovator)임을 알리듯 멀리 나아가 있기 때문이다.

그는 프랑스 문화의 일반적인 범위를 훨씬 뛰어넘는 문학 지식을 자신만의 특별한 시야와 결합했다. 그랬기에 과거를 부인하거나 자신이 물려받은 풍부한 경험을 헛되이 쓰지 않고서 점점 발전하는 예술의 다음 단계로 나아가는 데 유달리 적합한 작가였다. 유럽에서든 미국에서든 너무나 많은 젊은 소설가들이 하찮은 혁신에 지나친 중요성을 부여하게 되는 건 독창적인 시각만큼이나 일반적인 문화가 결여되었기 때문이다. 독창적인 시각은 이미 수용된 형식을 활용하는 것을 결코 두려워하지 않는다. 또한 오직 세련된 지성만이 그저 피상적인 변화에 불과한 것들을 본질적으로 새롭다고 간주하는 우를 범하지 않으며,

기존의 형식으로 돌아가는 게 이미 폐기된 기법이라고
여기지도 않는다.

프루스트의 작품을 읽으면 읽을수록 그의 힘이란
전통의 힘이라는 사실을 깨달을 수 있다. 그가 활용한
가장 새롭고 매력적인 효과들은 선택과 구성이라는
기존 방식을 통해 얻어진다. 이 방대하고도 여유로우며
결단력 있는 구성을 만들어 가는 데 있어 그 무엇도
낭비되거나 아무렇게나 쓰이지 않았다. 만약 프루스트가
최초에 굉장히 혁명적으로 보였다면, 그건 부분적으로는
그의 두서없는 태도와 괄호 친 문장들 때문이며,
핵심적으로는 지극히 개인적인 가치관에서 비롯된
강조점의 이동 때문이다. 프루스트가 주로 강조를
두는 지점은, 지금껏 소설의 관습에서는 보다 일반화된
진실과 더욱 빠른 효과에 자리를 내주었던 가장 내적인
떨림, 흔들림, 그리고 모순들이다. 프루스트는 지칠
줄 모르는 관심으로 그것들을 살핀다. 반쯤 의식적인
마음 상태, 생각들의 모호한 연관성, 그리고 젤리처럼
변화하는 기분을 프루스트만큼 면밀히 분석한 작가는
여태껏 한 명도 없었다. 그러나 그것들에 오래 그리고

가까이 머물면서도, 그는 랜턴에 희끄무레하게 비치는
바닷속 밀림에서 결코 스스로를 잃지 않는다. 그는
멀리 돌고 돌아 목적한 바에 도달하지만, 그 목적은
언제나 인물들의 의식적이고 의도적인 행동을 기록하는
것이다. 이 점에서 그는 확실히 최근 철학계에서
'행동주의자'라고 명명한 부류에 속한다. 행동주의자들은
모호하고 불가해한 심원이 아닌 의식적이고 의도적인
행동이 인간에 관한 제대로 된 탐구라고 믿기 때문이다.
사실 프루스트는 위대한 두 공식을 잘 알고 이를
열성적으로 계승했다. 하나는 라신의 심리학, 다른
하나는 생시몽의 일화적이며 담론적인 묘사다. 두
측면에서 그는 매우 의도적으로 전통을 따른다.

II

예술의 유행은 왔다 가게 마련이며, 그 유행 너머에
있다는 느낌을 주지 않는 예술가의 작품을 분석할
이유는 딱히 없다. 동시대 예술가들 사이에서는 무엇이

그 느낌을 자아내는지 말하기란 쉽지 않다. 이를 알아내기 위한 가장 좋은 방법은 익숙한 기준을 적용해 보는 것이다.

소설 쓰기에 관한 조언을 어렵게 만드는 모든 판단과 이론의 흐름에서 언제나 한 가지 확실한 사실이 나타나는 듯하다. 바로 가장 위대한 소설가들의 공통적인 자질은 인물들을 살아가게 한다는 사실이다. 이 점이 다른 무엇보다 중요한 이유를 묻는다면, 미학이라는 가장 모호한 미로 안으로 들어서야 할 것이다. 그러나 이는 토론의 기반이 될 만큼 충분히 인정받는 사실이기도 하다. 다른 모든 품위와 미덕을 합쳐도 이 순수한 마법을 품지는 못한다. 생기, 기교, 풍성한 일화들, 그것을 표현하는 기술까지. 이것들이 어떠한 생존의 힘을 지니고 있는가? 비틀대는 윌로 남작[『사촌 베트』]이 노인 간의 밀회를 위해 계단을 오르는 광경, 혹은 베아트릭스 에스먼드[『헨리 에스먼드 이야기』]가 은시계와 빨간 구두 차림으로 계단을 내려가는 모습과 비교할 때 말이다.

쥐스랑(Jusserand) 씨는 『영국인의 문학사』에서 셰익스피어를 두고 삶의 위대한 분배자(un grand distributor de vie), 혹은 수여자라고 일컫는다. 바로 이 칭호가 프루스트에게도 걸맞다. 살아 있는 인물들로 이루어진 그의 갤러리는 계산을 뛰어넘을 만큼 방대하다. 지금까지도 그 수는 계속 늘고 있으며, 오직 손에 꼽는 실패만을 세어 볼 수 있을 따름이다. 또한 프루스트가 지닌 환기(evocation)의 힘은 배경과 중간 거리(소설가가 꼭두각시들에게 생기를 불어넣기 위한, 신비한 광학 법칙이 상대적으로 손쉽게 적용되는 거리)에 머물지 않는다. 주요 인물들이 면밀히 탐구되고, 설명되고, 다시 설명되고, 끌어당겨지고, 헤어졌다가 다시 조우하는 과정에서 끈질긴 생명력으로 작가의 끊임없는 내면 조작에 저항하며, 예정된 여정을 무심코 가게 되는 '핵심'에까지 그 힘이 뻗치는 것이다. 스완 자신도 몹시 무자비한 탐구의 대상이었다. 그의 양복과 모자들, 부츠, 장갑, 그림이나 책 취향, 그리고 그만큼이나 풍부하게 묘사된 여성들까지도 다음의 장면에서 가장 생생하게 드러났다. 5권의 끔찍한 장면에서 스완은 게르망트 공작부인에게 자신이 죽어

가고 있으니 오는 봄에 그녀와 공작과 함께 이탈리아에
갈 수 있을지 모르겠다고 나직이 말한다. 시골집
침실의 창백한 황혼녘을 지나는 병든 고모도, 그녀를
시중들며 그녀가 죽고 나면 나머지 가족의 하녀가 될
프랑수아즈도 똑같이 생생하다. 고리타분한 프랑스
하녀의 모든 결점과 미덕을 보여 주는 놀라운 그림을
그려 낸 것이다. 또 주인공의 할머니도 그렇다. 독자에게
처음 모습을 드러내는, 빗속을 외로이 산책하는
모습에서부터 이야기가 많이 전개된 뒤 프랑수아즈가
열성적이고도 끈질기게 간호한 이후 똑같은 외로움
속에 죽을 때까지, 그녀는 차분하면서도 저릿한 생기로
페이지를 가득 채운다. 성급하고 이기적이며 감상적인
생루 후작도 있다. 최신 '문화'를 치졸하게 숭배하고,
보헤미안 세계에서는 속물적이며, 특유의 단순함과
예의범절까지 갖춘 인물이다. 그의 정부인 유대계
여배우는 그가 '보통 남자'일 뿐 그녀처럼 심미적인
협잡꾼 부류가 아니라는 이유로 그를 경멸한다.
위대하고 비굴하며 추악하면서도 근사한 샤를뤼스
남작도 있다. 수줍음 많고 남들을 멸시하며, 재치

있으면서도 눈치가 없고 소비를 좋아하며 세속적인,
세상만사를 따분해하는 게르망트 공작부인은 또
어떠한가. 모든 사교술의 여주인인 불쌍한 공작부인은
아연실색하며 화를 낸다. 만찬 자리에 가려고 마차에
오르는 동안 스완이 죽어 가고 있다는 소식을 듣게
되었는데, 하필 그런 순간에 이처럼 엄청난 소식을 불쑥
내뱉을 정도로 재치 없는 친구에게 어떻게 행동해야
할지를 그녀는 배운 적이 없었기 때문이다! 아, 그들은
전부 얼마나 생생히 살아 있으며, 각자 자신의 감각으로
가득 차 있는가. 다시 모습을 드러낼 때마다 (때로는
당혹스러울 정도로 오래 자취를 감췄다가) 근사한
오케스트라의 연주자들처럼 자신만의 리듬을 정확하게
이어 나간다니!

　　모든 두서없는 서술의 와중에도 프루스트는 자신의
인물들이 어디로 가고 있는지, 그들의 말과 몸짓 그리고
생각 중 무엇이 기록할 만한 것인지를 항상 알고 있다는
느낌을 준다. 붐비는 인물들 사이를 수월하게 헤쳐
나가는 그의 면모는 첫 장부터 위대한 예술가만이
일깨우는 안정감을 독자에게 가득 안겨 준다. 어떤

소설은 매우 조용하게(거의 부주의하게) 시작되지만
첫 페이지에서부터 교향곡 5번의 첫 소절 같은 절절한
숙명의 느낌을 전달한다. 운명은 문을 두드리고
있다. 다음 노크가 오랫동안 들려오지 않을 수도
있다. 그러나 독자는 그것이 반드시 있을 것임을 알고
있다. 톨스토이의 이반 일리치가 불가사의한 간헐적
통증이 예전과 달리 점점 더 잦아지고, 끝끝내 그를
파괴시키리라는 사실을 알고 있었듯이, 그만큼 확실하게
말이다.

　　운명의 발소리를 감각적으로 전달하는 방법은
여러 가지다. 사건의 경과와 인물들의 내적 작용을
밝히기 위해 선정하는 상황들은 소설가가 지닌 상상력의
질을 가장 분명히 보여 준다. 밀포드 헤이븐에서
사랑하는 포즈머스를 만나려고 출발하는 이모겐은
그의 하인(질투에 휩싸인 포즈머스에게서 그녀를
도중에 살해하라는 명령을 받은)인 피사니오에게
묻는다. "1시간 안에 몇 마일을 갈 수 있을까?" 그리고
하인의 고뇌 어린 답을 듣는다. "다음 해가 뜨기 전까지
20마일 정도 갈 수 있습죠, 마님. 그 정도면 충분하실

겁니다. 오히려 너무 빠르지요." 그는 이렇게 뇌까린다.
"어찌하여 죽음으로 향하는 길은 결코 느릴 수가 없는가."[†] 혹은
그레첸이 파우스트에게 진실한 마음을 털어놓는 장면도
떠올릴 수 있다. 그녀는 어린 여동생을 먹이고 재우며
어머니처럼 돌보았다고 고백한다. "우리 어머니는 너무
아프셨어요… 나는 그 불쌍한 작은 것에게 우유와
물을 가져다주었지요… 요람은 내 침대에 바로 붙어
있어서 그 애가 조금이라도 움직이면 난 곧장 깼어요.
난 그 애를 먹이고, 침대에서 함께 재우고, 밤새도록 그
애를 안은 채 복도를 거닐고, 이튿날 아침 일찍 세면대
앞에 서야 했지요. 하지만 그 애를 사랑했기에 기꺼이
그렇게 했어요." 천재의 재빠른 손길이 다가올 길 위에
이렇게 한 줄기 빛을 던질 때, 독자는 다음처럼 외치고
싶은 지경이 된다. 단순한 '상황'에는 아무것도 없구나!
소설가의 예술성은 주어진 상황을 상상력의 토대로 삼는
방식에 있는 거구나!

프루스트는 자신의 인물들에게 이러한 예언적 빛을

---

† 셰익스피어의 희곡 『심벨린』의 한 장면이다.

비추는 데 있어 믿을 수 없을 정도의 확신을 보여 준다.
그는 끊임없이 가슴 아픈 표현을, 중요한 몸짓을 발견해
낸다. 가령 타의 추종을 불허하는 『스완네 집 쪽으로』
1장('콩브레')에서 외로운 어린 소년(화자)은 스완 씨가
식사하셔야 한다는 이유로 굿나잇 키스도 받지 못한 채
허둥지둥 침대에 눕혀진다. '매우 중요한 일이니'
위층으로 올라와 만나 달라는 내용이 적힌 메모를
어머니에게 전달해 달라며, 주저하는 프랑수아즈를
설득하는 장면은 하나의 예시다. 여기까지 보면
이 일화는 많은 현대소설가들(특히 『시니스터 스트리트』
이후)이 불분명한 어린 시절의 비극을 분석한 바와
다르지 않다. 그러나 프루스트는 이러한 일화를
내재적인 의미뿐 아니라 훨씬 더 깊은 곳을 비추는
용도로 활용한다.

　　화자는 이렇게 쓴다. "나는 생각했다. 스완이 내
편지를 읽고 진짜 목적을 알아냈다면 내 괴로움을
비웃었을 거라고." (그 목적이란 물론 어머니의 굿나잇
키스를 받는 것이다.) "그러나 다른 한편으론, 이후에
알게 된 것인데, 수년 동안 스완 역시 자신의 삶에서

같은 괴로움을 겪었다. 사랑하는 존재가 어떤 기묘한 장면(lieu de plasir) 속에 있으며 그는 거기 없고, 그가 있을 희망도 없다는 것을 깨닫는 괴로움이다. 그가 경험한 사랑의 열정 때문에 얻은 괴로움이었다. 일종의 예정된 열정, 특별하고 구체적으로 지닌 감정" 말이다. 프랑수아즈가 소년의 메모를 가져다주었을 때, 어머니는 (손님과 시간을 보내느라) 오지 않았고, 다만 퉁명스럽게 말한다. "답이 없네요." 화자는 계속해서 말한다. "아아! 스완도 그런 경험을 했구나, 사랑하지 않는 사람과 즐거운 한때를 보내는 데 스스로 짜증이 난 여자를 움직이기엔 제3자의 선의는 무력하다는 것을 깨달았구나." 그 순간 갑자기, 단 한 번의 손길로, 조용히 시작된 첫 장에서 오랜 친구가 그의 부모님을 방문한 일을 재구성해 내는 어린 소년의 나른한 기억 속 장면들로부터, 작품의 핵심 주제에 빛이 비춘다. 어리석고 불가해한 여자에 대한 예민한 남자의 절망적이고 치유 불가능한 열정이 바로 그것이다. 운명의 발소리가 칙칙한 시골 정원에 쿵쿵 울리고, 게으른 사교계 인사의 어깨 위에 운명의 손길이 닿는다.

순식간에, 그리고 가장 자연스러운 전환을 통해, 가정생활의 고요한 장면들이 위대한 구성 속에 모두 제자리를 잡는다.

프루스트의 페이지들은 이렇듯 운명을 예감하는 빛으로 충만하다. 덜 훌륭한 소설가라면 그 한 쪽만으로도 성공을 거둘 수 있을 정도다. 독특한 시각의 이중성을 지닌 그는 각각의 일화가 눈앞에 모습을 드러낼 때마다 몰입할 수 있었다. 스완이 오랜 친구들을 방문하는 흥미진진하고도 종잡을 수 없는 장면에서처럼 말이다. 그러면서도 그 구성에 기여하는 어떤 사소한 사건도 피해 갈 수 없도록 내내 전체 구성의 실타래를 붙들고 있다. 이 정도로 주제를 선명히 드러내기 위해서는 자연의 느린 숙성 과정 같은 것이 필요하다. 틴들은 위대한 사색에 관해 이렇게 말한 바 있다. "인간 지성에는 확장의 힘이 있다. 창조의 힘이라고 부를 수도 있을 텐데, 이 힘은 사실들을 곱씹는 단순한 행위로부터 발생한다." 이러한 사색이 천재의 가장 독특한 속성 중 하나라는 점, 혹은 천재를 정의하는 데 가장 가까운 접근법이라는 점을 덧붙일 수도 있었을 것이다.

선택한 주제를 파고들어 그 고유한 속성을 밝히는 능력은 '플롯' 짜기라는 기계적인 재주와는 전혀 다르다. 서둘러 완성하려는 마음, 혹은 독자가 자신의 강조점을 놓칠까 봐 두려워하는 마음은 여유로이 흘러가는 프루스트의 서사에선 낄 데가 없다. 그는 표지판 역할을 하도록 의도한 구절에 부자연스러운 안정감을 불어넣지도 않는다. 그의 숲에 있는 나무 한 그루의 껍질에 여기저기 작은 '불꽃'이 일어 길을 밝힌다. 삼림학을 잘 몰라 이러한 단초들을 발견하지 못하는 탐험가라면 이 모험은 떠나지 않는 편이 가장 좋을 것이다.

III

프루스트의 독특한 재능 중 하나는 탁월한 시야와 절묘하며 섬세한 손길, 세부 사항에 대한 세심한 열정이 결합되어 있다는 점이다. 그의 작품 곳곳에는 중세 원고 같은 지점이 존재하는데, 여기저기 방랑하는 필경사가 상상력을 동원해 마을과 들판의 삶에서 떠올려 낸 일화들을 써 내려갔거나, 혹은 우화집의 토속신앙적인 화려한 이야기들을 기록해 둔 것 같다는 의미에서다. 마르셀의 비혼 고모들이 나누는 대화에서, 캉브르메르 부인과 프랑퀴토 부인이 음악을 듣는 장면에서 나타나는 아이러니의 간결한 묘사를 제인 오스틴은 결코 뛰어넘지 못했다. 시골 생활에 대한 미시 연구에 관해서는, [엘리자베스 개스켈의] 『크랜포드』와 비견될 만한 장면으로, 병상에 누운 고모 옥타브 부인의 묘사가 나오는 부분이 있다. 부인은 언제나 다음 날을 맞이할 테고, 한편으로는 비시(vichy) 지역 광천수가 담긴 병과 '경건한 이미지로 가득 찬' 보라색 벨벳 기도서를 옆에 두고 누운 채 바깥세상에선 무슨 일이 일어나고 있는지 얘기하는 프랑수아즈의 보고를 듣는다. 폭풍우가 몰아치기 직전에 구필 부인이 샤토덩에서 만든 새 실크 드레스 차림으로 우산 없이 걷는 모습이 보였다든가 하는 소식 말이다!

그러나 독자가 작은 마을의 안락함 속으로 즐겁게 빠져들기 시작하면 프루스트는 독수리의 발톱으로

그를 낚아채 열정과 음모의 어두운 심연 위로 휙
옮겨 이런 장면들을 보여 준다. 오데트를 향한 스완의
사랑과 생루의 레이첼을 향한 사랑에서 서서히
비롯되는 괴로움, 도덕적 고뇌의 밑바닥과 퇴행들,
게르망트의 위대한 두 여인들인 공작부인과 공주의
경솔한 행동들까지, 발자크 이후로 가장 광대한, 그리고
다채로운 희극으로 가득한 무대 위에 펼쳐진다. 이렇게
변화무쌍하면서도 결코 혼란은 없는 인물들은 여태껏
귀족적 틀을 유지하는 대부분의 전형적인 사회적
유형들로 구성된다. '파리 근교'의 오래된 귀족들과
그 주변인들로, 부유하고 교양 있는 유대인들(스완과
블로흐), 저명한 화가들, 소설가들, 여배우들, 외교관들,
변호사들, 의사들, 학자들까지 아우른다. 사교계
인사들과 악인들, 낙오된 공작부인들, 흥미로운 속물들,
볼품없는 숙녀들, 그리고 다른 모든 인물은 가장
다채로우며 별나고 불안정한 현대 사회의 부류를 보여
준다.

가시적인 노력 없이도 프루스트의 작품은 이
인물들을 그러모은 다음 조용히 본론에서 벗어나

콩브레의 산사나무를 마저 부드럽게 묘사하거나, 혹은
마르셀이 레이첼을 처음 방문했을 때의 일화를 찬찬히
서술한다. 그 장면에서 생루가 여주인을 모시러 가는
동안 청년은 꽃이 만발한 배나무 아래를 서성거린다.
작품에 매혹된 모든 독자는 프루스트가 이 두 가지
방식, 즉 광대한 서술과 미세한 묘사 사이에서 균형을
유지하는 방식에 경탄을 금치 못할 테다. 소설가로서
(표현의 범위와 숙달된 장인 정신이 결합된) 그의 자질을
능가할 사람은 아무도 없을 것이다.

이 놀라운 기교에 대해 숙고하는 것은 전문가에겐
매혹적일 테지만, 프루스트를 사랑하는 사람은 그의
가장 귀한 특징이 그 너머에 있음을 이내 느끼게 된다.
단 하나의 암시, 단 한 개의 단어, 단 하나의 이미지를
통해 영혼 자신조차 알아차리지 못한 영혼의 깊이를
드러내는 힘이 바로 그것이다. 프루스트는 마르셀의
할머니가 세상을 떠나는 순간에 대해서도 쓸 수 있다.
"몇 시간 전만 해도 아름다웠던 머리카락은 이제 막
백발이 되기 시작했고… 할머니보다 더 늙어 보이진
않았었다. 이제는 반대로 그 머리카락이 다시금 젊어진

얼굴에 나이의 면류관을 씌웠으며, 그로부터 고통으로
인한 주름들, 수축들, 무게들, 긴장, 무기력이 모두
사라졌다. 부모가 배필을 정해 준 먼 옛날의 어느
날처럼, 할머니의 얼굴이 지닌 특징들은 섬세한 순결과
순종의 선을 그렸다. 뺨은 소박한 희망과 행복에 대한
꿈으로, 심지어는 세월이 천천히 하나씩 파괴해 버린
순진한 명랑함으로 빛나고 있었다. 마지막 숨은 그녀를
떠나며 삶의 환멸들을 가져갔다. 할머니의 입가에
미소가 머무는 것 같았다. 장례식 침대 위에서 죽음은
마치 중세의 조각가처럼 어린 소녀의 모습으로 그녀를
눕혀 놓았다…." 프루스트는 미지의 풍경(가령 빌파리지
부인과 드라이브를 하던 중 신비로운 나무들을 보았을
때) 앞에서 오랫동안 영혼이 품고 있었던 장면을
맞닥뜨렸을 때의 갑작스러운, 형언할 수 없는 감정을
표현해 낸다. 사랑과 죽음의 본질적인 신비를 그토록
확실한 연민의 손길로 어루만질 수 있었던 프루스트는
앤드류 왕자의 죽음을 묘사하는 장면에선 톨스토이와,
리어가 "기도하라, 이 버튼을 끌러 주게…"라고 말하는
장면에선 스탕달과 비견될 만하다.

IV

지금까지는 칭찬만 했다.

위대한 창조적 예술가, 특히 작품을 끝낸 예술가에 관해 쓸 때는 어떻게든 결점을 찾아내려는 것보다 아름다움에 대해 숙고하는 편이 항상 더 가치 있다. 훌륭한 자질이 결함보다 더 클 때, 후자는 중요성을 대부분 잃는다. 심지어 프루스트의 경우처럼 그 결함이 소설가의 작품에서 소리굽쇠 역할을 하는 도덕적 감수성의 결함인 경우에도 그러하다.

프루스트의 작품에서 옥의 티, 혹은 결함이라고 부를 만한 것을 부인하거나 몇 마디로 설명해 버리는 것은 헛된 시도다. 발자크, 스탕달, 플로베르와 마찬가지로 프루스트의 책에도 당연히 맹점이 있다. 그러나 프루스트의 맹점은 간간이 드러나기에 더더욱 당혹스럽다. 인간의 모든 감정이 그에겐 보이지 않는다는 점을 들어 문제를 무시할 순 없다. 맹점이라고 여긴 장면 바로 뒤에 누구보다 예리하고 정확한 시각을 드러내기 때문이다.

어느 저명한 영국 비평가는 프루스트의 작품에서
도덕감이 결여된 장면들과 작가가 일부러 인간 군상의
비열한 면면을 묘사한 장면들(이 쪽이 훨씬 더 많다)을
혼동하여, 겁쟁이 독자들더러 『잃어버린 시간을
찾아서』를 정독하며 '생각을 안 하는' 단순하고 편리한
방식으로 순수한 즐거움을 찾을 수 있다고 주장했다.
연극에서 '생각을 안 하는' 팔스타프 역을 맡았던
샤를뤼스 남작의 경우처럼 말이다! 사실, 팔스타프가
되어 "나는 당신을 알지 못합니다, 노인이여"라는 대사를
건네는 샤를뤼스 남작을 머릿속에서 떨쳐 내는 건
매우 어려운 일이며, 그만큼 불필요한 일이기도 하다.
비열하거나 타락한 인물(이아고, 스타인 백작, 필립
브리도, 혹은 발레리 마네프)을 '사방에서 바라보는' 행위
때문에 소설의 가치가 떨어지는 것은 아니다. 오히려
프루스트는 가치를 높인다. 그가 사악함과 잔인함을
잃을 때에만, 그것들이 투사하는 검은 그림자를 그가
보지 못하고 무의식적으로 인물을 납작하게 만들
때에만, 이에 따라 그는 장면의 질을 떨어뜨리게 된다.
프루스트는 매우 자주 그렇게 했지만, 샤를뤼스 남작을

그릴 때에는 결코 그런 적이 없다. 남작이 겪은 치욕은 이아고나 고너릴의 창조주에게 당했던 것만큼이나 프루스트에게도 언제나 생생하게 나타났다.

과민한 주인공이자 화자인 그의 면모는 100개의 방대하고 강렬한 구절을 통해 드러나는데, 개탄스러운 페이지가 하나 있다. 몰래 숨어서 무의미한 장면을 염탐했다며 당당하게 설명을 늘어놓는 부분이다. 이 일화(그리고 갑자기 감수성을 잃는 실수가 드러난 몇몇 다른 장면들)는 말할 것도 없이 '생각을 안 할' 만하다. 이런 순간에 프루스트의 인물들은 언제나 개연성을 잃고 형편없는 연극에 활기를 불어넣으려 헛되이 애쓰는 좋은 배우들처럼 비틀거리기 시작하기 때문이다. 그의 작품 전반에는 말 그대로 감정이 차올라 떨리는 페이지들이 있다. 그러나 도덕적 감수성이 무너지는 지점마다 그 떨림과 진동은 멈춘다. 등장인물 중 한 명이 저지른 비열한 행위를 작가가 인식하지 못할 때, 그 인물은 실감 나는 생기를 온통 잃어버리게 되고, 피그말리온의 행위를 뒤집기라도 하듯 작가는 살아 있는 존재들을 돌로 되돌려 놓고 만다.

그러나 무수한 페이지들이 뜨거운 연민으로 고동치고, 인간적인 눈으로 독자를 바라보는 책에서 이 실수들을 어떻게 여겨야 할까? 한 순간에는 불쾌하게 만들던 작가가 다음 순간에는 심금을 울린다. 전화로 할머니의 목소리를 처음 듣는 주인공이 익숙한 목소리의 변화에 깜짝 놀라 죽음과 이별을 떠올리는 장면에서처럼. 혹은 생루가 24시간 휴가를 내고 파리로 올라왔을 때, 그의 사랑하는 어머니가 처음에는 아들과 함께 저녁을 보낼 거라는 생각에 기뻐서 어쩔 줄 모르다가, 그게 아니라는 사실을 쓰라리게 깨닫고, 끝내는 실망감을 감춤으로써 아들의 이기적인 기쁨을 망칠까 봐 덜덜 떠는 장면은 또 어떠한가. 그런 장면에서 독자는 거의 항상 이렇게 생각한다. "아, 지금만큼은 날 실망시키지 말아야지!" 그만큼 프루스트는 고갈될 줄 모르는 시적인 마법으로 구질구질한 장면을 가득 채운다. 마치 강풍이 불 때 지그문트가 오두막 문을 여는 순간처럼, 독자는 이렇게 외치게 된다. "아무도 가지 않았다… 누군가 왔다! 봄이다."

벤자민 크레미외 씨는 프루스트에 관한 논문을

썼는데, 지금까지 출판된 모든 비평 중 가장 사려 깊은 연구다. 그는 프루스트의 감수성 상실이라는 장애물에 부딪혔을 때 어떻게든 다르게 해석해 보려 애썼으나 그다지 성공적이지는 못했다. 이 비평가에 따르면 프루스트의 풍자는 결코 "도덕적 이상에 기반을 둔" 것이 아니라, 항상 단지 "그의 심리 분석을 보완하는 것일 뿐이다". 크레미외는 계속한다. "프루스트가 도덕적 이상에 관해 우연히 말하는 유일한 순간은 베르고트의 죽음을 묘사할 때뿐이다." 그런 다음 그 아름다운 문단을 인용한다. "우리 삶에서 일어나는 모든 일은 마치 우리가 전생에 맺은 의무라는 짐을 짊어진 채 마주친 것처럼 발생한다. 우리가 발 딛고 살아가는 세계에는 선하고, 도덕적으로 민감하고(etre delicats) 심지어는 공손해야 할 의무가 있다고 느끼게 만들 만한 조건이 아무것도 없다. 또한 예술가에게도, 온몸이 벌레에 갉아 먹힐 때쯤에야 비로소 존경받을 문단을 스무 번이나 다시 시작할 만한 조건이 없다… 현재의 삶에서 허용되지 않는 이 모든 의무는 다른 세계에 속하는 듯하다. 선함과 도덕적 양심, 희생 위에 세워진 세상, 여기와는 완전히 다른 세상 말이다. 우리가 지구상에 태어날 때 왔던 세상은 어쩌면 그곳으로 돌아갈 것이며, 거기서 우리는 우리 안에 원칙들을 품고 있었다는 이유로 누가 명한지도 모른 채 여기서 순순히 따랐던 미지의 법칙들의 지배 아래 다시금 살게 될 것이다. 모든 심오한 지적 노동으로 우리를 더 가까이 끌어당기는 법칙들, 바보들이나 못 보는(항상 그런 것은 아니지만!) 법칙들 말이다."

이처럼 도덕적 이상에 대한 신중한 믿음의 고백이 어떻게 "우연한" 것으로 무시될 수 있는지 납득하기 어렵다. 오히려 인용된 문단은 프루스트의 태도 전반을, 강점뿐 아니라 약점까지도 드러내는 핵심처럼 보인다. "완전히 다른" 세상에서 우리가 지녀 온 신비로운 "의무" 중 프루스트가 한 가지 빠뜨린 것이 있음을 알게 된다. 그것은 용기의 유구한 금욕적 속성이다. 그는 도덕적이든 육체적이든 그 속성을 인간 행동의 원동력 중 하나라고 한 번도 인식하지 못한 듯하다. 그는 인간 존재를 선하고, 불쌍하고, 자기희생적이며, 가장 섬세한 도덕적 양심에 따른다고는 생각할 수 있었다. 그러나 확실히 말하건대 본능에 의해서든 의식적 노력으로든 결코 용기 있다고는 생각하지 못했다.

프루스트의 도덕적 세계를 지배한 것은 두려움이었다. 죽음에 대한 두려움, 사랑에 대한 두려움, 책임에 대한 두려움, 질병에 대한 두려움, 외풍에 대한 두려움, 두려움에 대한 두려움까지. 그의 우주의 지평이 끝없이 이어진 이유이자 동시에 그의 예술가 기질이 단단한 경계를 갖는 이유가 바로 이것이다.

이렇게 말함으로써 우리는 프루스트의 천재성과 신체적 불능 사이의 좁은 틈을 건드리게 된다. 이 지점에서 비판은 물러서거나 혹은 그가 성취한 위대한 업적에 대한 경건한 찬사 안에만 머물러야 한다. 질병과 싸우며 신체적 한계에도 불구하고 그토록 방대한 기록을 남겼으므로.

니체의 위대한 명언은 프루스트의 묘비명으로 적절할 듯싶다. "가치 있는 모든 것은 그럼에도 불구하고(trotzdem) 성취된 것이다."

저자가 이야기하는 작품들[†]

[†] 저자가 본문에서 언급하고 있는 작품들을 언급한 순서대로
정리했습니다. 국내에 번역 출간된 작품은 ●로, 국내에
미출간된 작품은 우리말 번역과 원서 정보를 함께 싣되 ○로
표시하였습니다. 단편의 경우, 그 단편이 수록되어 있는
책 제목을 함께 실었습니다.

The History of Clarissa Harlowe, Forgotten Books, 2022)

- 요한 볼프강 폰 괴테, 『친화력』, 오순희 옮김, 서울대학교출판문화원, 2013

- 존 버니언, 『천로역정』, 박영호 옮김, 기독교문서선교회, 2020

○ 에르네스트 에메 페이도, 『패니』(Ernest-Aimé Feydeau, *Fanny*, Champion Paris, 2001)

- 귀스타브 플로베르, 『마담 보바리』, 김남주 옮김, 문학동네, 2021

- 마르셀 프루스트, 『잃어버린 시간을 찾아서 3, 4: 꽃핀 소녀들의 그늘에서』, 김희영 옮김, 민음사, 2014

○ 윌리엄 M. 새커리, 『펜데니스 이야기』(William Makepeace Thackeray, *The History of Pendennis*, Forgotten Books, 2022)

꙳ **2장 단편소설 쓰기**

○ 아서 퀼러 코치, 『3목 두기』(Arthur Thomas Quiller-Couch, *Noughts and Crosses*, Nabu Press, 2010)

○ _____, 「나는 세 척의 배를 보았네」("I saw three ships", *I saw three ships, and other winter's tales*, Nabu Press, 2010)

○ 월터 스콧, 「떠도는 윌리 이야기」("Wandering Willie's

Tale", *As It Was Told To Me: Three Short Stories*,
Association for Scottish Literary Studies 2022)

○ 조셉 셰리던 르 파뉴, 「지켜보는 자」(J. Sheridan Le Fanu,
"The Watcher", *The collected supernatural and weird
fiction of J. Sheridan le Fanu*, vol. 7, Leonaur cop., 2010)

○ 로버트 루이스 스티븐슨, 「괴팍한 자넷」(Robert Louis
Stevenson, "Thrawn Janet", *Damnable tales: a folk horror
anthology*, Unbound, 2022)

● 헨리 제임스, 『나사의 회전』, 이승은 옮김, 열린책들, 2011

○ 새뮤얼 테일러 콜리지, 『노수부의 노래』(Samuel Taylor
Coleridge, *The Rime of the Ancient Mariner*, Mint
Editions, 2022)

○ 유진 오닐, 『황제 존스』(Eugene O'Neill, *The Emperor
Jones*, Forgotten Books, 2022)

● 하인리히 폰 클라이스트, 「O.후작부인」, 『미하엘 콜하스』,
황종민 옮김, 창비, 2013

≈ **3장** 소설 구성하기

● 헨리 필딩, 『업둥이 톰 존스 이야기』, 김일영 옮김,
문학과지성사, 2012

● 윌리엄 M. 새커리, 『허영의 시장』, 서정은 옮김,
웅진지식하우스, 2019

- 조지 엘리엇, 『미들마치』, 이가형 옮김, 주영사, 2019

○ 앤서니 트롤럽, 『바셋주 이야기』(Anthony Trollope, *The Chronicles Barsetshire*, Wentworth Press, 2019)

- 새뮤얼 버틀러, 『만인의 길』, 조기준·남유정 옮김, 아토북, 2021

○ 월터 스콧, 『롭 로이』(*Rob Roy*, Mint Editions, 2021)

- 로버트 루이스 스티븐슨, 『밸런트레이 귀공자』, 이미애 옮김, 휴머니스트, 2022

- 찰스 디킨스, 『픽윅 클럽 여행기』, 허진 옮김, 시공사, 2020

○ 조지 메러디스, 『해리 리치먼드의 모험』(George Meredith, *The Adventures of Harry Richmond*, Blurb, 2019)

- 스탕달, 『파르마 수도원』, 이혜윤 옮김, 동서문화사, 2010

○ R.D. 블랙모어, 『로나 둔』(R.D. Blackmore, *Lorna Doone* Mint Editions, 2022)

- 요한 볼프강 폰 괴테, 『빌헬름 마이스터 수업시대』, 곽복록 옮김, 동서문화사, 2016

○ 월터 페이터, 『에피쿠로스 학파 마리우스』(Walter Pater, *Marius the Epicurean*, Hansebooks, 2022)

○ 조셉 헨리 쇼트하우스, 『존 잉글산트』(Joseph Henry Shorthouse, *John Inglesant*, Legare Street Press, 2022)

○ 조지 헨리 보로, 『라벤그로』(George Henry Borrow, *Lavengro: The Scholar, the Gypsy, the Priest*, Legare Street Press, 2022)

- 고트프리트 켈러, 『초록의 하인리히』, 고규진 옮김, 한길사,

2009

● 오노레 드 발자크, 『고리오 영감』, 이동렬 옮김,
을유문화사, 2010

● _____, 『외제니 그랑데』, 조명원 옮김, 지만지, 2012

○ 헨리 제임스, 『사춘기』(*The Awkward Age*, Blurb, 2023)

● 레프 톨스토이, 『크로이체르 소나타』, 고일 옮김, 작가정신,
2019

● _____, 『이반 일리치의 죽음』, 이순영 옮김,
문예출판사, 2016

● 뱅자맹 콩스탕, 『아돌프의 사랑』, 김석희 옮김,
문학과지성사, 2022

● 외젠 프로망탱, 『도미니크』, 김웅권 옮김, 동문선, 2008

● 알프레드 드 뮈세, 『세기아의 고백』, 김도훈 옮김,
한국문화사, 2017

● 요한 볼프강 폰 괴테, 『젊은 베르테르의 슬픔』, 강명순
옮김, 윌북, 2022

○ 윌리엄 M. 새커리, 『뉴컴가』(*The Newcomes: Memoirs of
a Most Respectable Family*, Alpha Edition, 2022)

● 조지 엘리엇, 『사일러스 마너』, 한애경 옮김, 지만지, 2012

○ 조지 메러디스, 『산드라 벨로니』(*Sandra Belloni*, Aeterna,
2021)

○ _____, 『비토리아』(*Vittoria*, Wentworth Press, 2019)

● 토머스 하디, 『귀향』, 정병조 옮김, 을유문화사, 1988

● _____, 『테스』, 김회진 옮김, 종합출판범우, 2020

○ 헨리 제임스, 『새장 안에서』(*In the Cage*, Blurb, 2021)

● _____, 『비둘기의 날개』, 조기준 옮김, 아토북, 2022

○ _____, 『황금잔』(*The Golden Bowl*, Legare Street Press, 2022)

○ 오노레 드 발자크, 『브르테슈 대저택』(*La Grande Bretèche*, Alpha Edition, 2022)

● 레프 니콜라예비치 톨스토이, 『전쟁과 평화』, 박종소·최종술 옮김, 을유문화사, 2019

● 표도르 도스토옙스키, 『카라마조프가의 형제들』, 김환 옮김, 별글, 2022

● 스탕달, 『적과 흑』, 이규식 옮김, 문학동네, 2010

○ 윌리엄 M. 새커리, 『헨리 에스먼드 이야기』(*The History of Henry Esmond*, Blurb, 2023)

● 윌리엄 셰익스피어, 「맥베스」, 『셰익스피어 4대 비극』, 김성진 옮김, LINN, 2023

○ 모파상, 「이베트」(Guy de Maupassant, "Yvette", *Yvette and Other Stories*, Palala Press, 2015)

○ 헨리 제임스, 『과거의 감각』(*The Sense of the Past*, Blurb, 2023)

● 존 밀턴, 『실낙원』, 김성진 옮김, 린(LINN), 2022

● 귀스타브 플로베르, 『감정 교육』, 지영화 옮김, 민음사, 2014

● 로맹 롤랑, 『장 크리스토프』, 김창석 옮김, 종합출판범우, 2022

- 오노레 드 발자크, 『잃어버린 환상』, 이철 옮김, 서울대학교출판부, 2012
- 조지 엘리엇, 『플로스 강의 물방앗간』, 이봉지·한애경 옮김, 민음사, 2007
- 토머스 하디, 『이름 없는 주드』, 정종화 옮김, 민음사, 2007
- 제인 오스틴, 『엠마』, 이욱용 옮김, 종합출판범우, 2021
- 찰스 디킨스, 『오래된 골동품 상점』, 이창호 옮김, B612, 2023

4장 소설 속 인물과 상황

- 너새니얼 호손, 『주홍 글자』, 김욱동 옮김, 민음사, 2007
- 오노레 드 발자크, 『세자르 비로토』(*César Birotteau*, Librairie générale française Paris, 2018)
- _____, 「투르의 사제」("The curé of Tours", *Four novellas*, Howard Fertig, 2004)
- 조지 메러디스, 『에고이스트』(*Egoist*, Hansebooks, 2023)
- 이반 세르게예비치 투르게네프, 『루진』, 이항재 옮김, 열린책들, 2011
- 레프 니콜라예비치 톨스토이, 『안나 카레니나』, 이은연 옮김, (주)태일소담출판사, 2022
- 로버트 루이스 스티븐슨, 『잘못된 상자』(*The Wrong Box*, Hesperus Press, 2015)

● 알랭-르네 르사주, 『질 블라스 이야기』, 이효숙 옮김,
　나남출판, 2021

○ 알렉상드르 뒤마, 『몽소로 부인』(Alexandre Dumas, *La
　Dame de Monsoreau*, Éditions Ararauna, 2022)

● 오노레 드 발자크, 『골짜기의 백합』, 정예영 옮김,
　을유문화사, 2008

☞ **5장** 마르셀 프루스트에 대하여

● 마르셀 프루스트, 『잃어버린 시간을 찾아서 9, 10: 갇힌
　여인』, 김희영 옮김, 민음사, 2020

● _____, 『잃어버린 시간을 찾아서 1, 2: 스완 집 쪽으로』,
　김희영 옮김, 민음사, 2012

● 오노레 드 발자크, 『사촌 베트』, 박현석 옮김, 동해, 2007

○ 장 쥘 쥐스랑, 『영국인의 문학사』(Jean Jules Jusserand,
　*A Literary History of the English People: From the
　Origins to the Renaissance*, Legare Street Press, 2022

● 윌리엄 셰익스피어, 『심벨린』, 박효춘 옮김, 동인(이성모),
　2017

○ 콤프턴 매켄지, 『시니스터 스트리트』(Compton
　Mackenzie, *Sinister Street*, CreateSpace, 2015)

● 엘리자베스 개스켈, 『크랜포드』, 심은경 옮김,
　현대문화센터, 2013